Guerra Conjugal

Obras do autor

234
33 contos escolhidos
A faca no coração
A polaquinha
A trombeta do anjo vingador
Abismo de rosas
Ah, é?
Arara bêbada
Capitu sou eu
Cemitério de elefantes
Chorinho brejeiro
Contos eróticos
Crimes de paixão
Desastres de amor
Desgracida
Dinorá
Em busca de Curitiba perdida
Essas malditas mulheres
Guerra Conjugal
Lincha tarado
Macho não ganha flor
Meu querido assassino
Mistérios de Curitiba
Morte na praça
Nem te conto, João
Novelas nada exemplares
Novos contos eróticos
O anão e a ninfeta
O maníaco do olho verde
O pássaro de cinco asas
O rei da terra
O vampiro de Curitiba
Pão e sangue
Pico na veia
Rita Ritinha Ritona
Violetas e Pavões
Virgem louca, loucos beijos

DALTON TREVISAN

Guerra Conjugal

12ª edição

EDITORA RECORD
RIO DE JANEIRO • SÃO PAULO
2014

CIP-Brasil. Catalogação na fonte
Sindicato Nacional dos Editores de Livros, RJ.

T739g   Trevisan, Dalton, 1925-
12ª ed.   Guerra conjugal / Dalton Trevisan. – 12ª ed. – Rio
          de Janeiro: Record, 2014.

ISBN 978-85-01-01496-2

1. Contos brasileiros. I. Título.

                              CDD – 869.9301
79-0185   CDU – 869.0(81)-31

Copyright © 2006 by Dalton Trevisan

Capa: Desenhos de Poty

Texto revisado segundo o novo Acordo Ortográfico da Língua Portuguesa.

Direitos exclusivos desta edição reservados pela
EDITORA RECORD LTDA.
Rua Argentina, 171 – Rio de Janeiro, RJ – 20921-380 – Tel.: 2585-2000

Impresso no Brasil

ISBN 978-85-01-01496-2

Seja um leitor preferencial Record.
Cadastre-se e receba informações sobre nossos
lançamentos e nossas promoções.

EDITORA AFILIADA

Atendimento e venda direta ao leitor:
mdireto@record.com.br ou (21) 2585-2002.

Sumário

O Senhor Meu Marido   7
Grávida Porém Virgem   13
A Morte do Rei da Casa   23
O Beijo do Carrasco   29
Lágrimas de Noiva   33
A Partilha   41
Tentações de uma Pobre Senhora   45
Devaneios do Professor de Filosofia   51
O Leito de Espinhos   55
O Pai, o Chefe, o Rei   59
O Martírio de João da Silva   63
O Anjo da Perdição   69
O Crime Perfeito   81
O Monstro de Gravata Vermelha   89
Agonias de Virgem   95
A Normalista   99
Arte da Solidão   107
A Noiva do Diabo   111

Idílio Campestre   117
A Última Carta   121
A Náusea do Gordo   127
Paixão Segundo João   133
Quarto de Horrores   141
Ó Noites Mágicas de Circo!   145
Trinta e Sete Noites de Paixão   153
A Traição da Loira Nua   159
Batalha de Bilhetes   163
Este Leito que É o Meu que É o Teu   171
Os Mil Olhos do Cego   177
O Esfolado Vivo   183

O Senhor Meu Marido

João era casado com Maria e moravam em barraco de duas peças no Juvevê; a rua de lama, ele não queria que a dona molhasse os pezinhos. O defeito de João ser bom demais — dava tudo o que ela pedia.

Garçom do Buraco do Tatu, trabalhava até horas mortas; uma noite voltou mais cedo, as duas filhas sozinhas, a menor com febre. João trouxe água com açúcar e, assim que ela dormiu, foi espreitar na esquina. Maria chegava abraçada a outro homem, despedia-se com beijo na boca. Investiu furioso, correu o amante. De joelho a mulher anunciou o fruto do ventre.

João era bom, era manso e Maria era única, para ele não havia outra: mudaram-se do Juvevê para o Boqueirão, onde nasceu a terceira filha. Chamavam-se novas Marias: da Luz, das Dores, da Graça. Com tantas Marias confiava João que a dona se emendasse.

Não foi que a encontrou de quimono atirando beijos para um sargento da polícia?

Triste a volta para casa, surpreendeu o sargento sem túnica pulando a janela. Na ilusão de que Maria se arrependesse, com as economias e as gorjetas de mil noites em pé (ai! pobres pernas azuis de varizes) construiu bangalô no Prado Velho.

Maria, pecadora de alma, corpo e vida, não se redimia dos erros. João virava as costas, ela deixava as filhas com a vizinha e saía pintada de ouro. Amante do motorista do ônibus Prado Velho-Praça Tiradentes, subia gloriosamente pela porta da frente, sem pagar passagem.

Uma noite a casa foi apedrejada — a mulher do motorista se desforrava nas vidraças. Maria bateu nas filhas para que gritassem. Diante do escândalo, João vendeu com prejuízo o bangalô, mudou-se do Prado Velho para o Capanema.

Maria caiu de amores por um malandro de bigode fino e sapato marrom de biqueira branca. Não se incomodava de sair, recebia o fulano mesmo em casa. Era o célebre Candinho, das rodas alegres da noite, já deslumbrava as crianças com bala de mel e mágica de baralho.

João achou cueca de seda estendida no varal — o precioso monograma um *C* bem grande. Rasgou-a em tiras e chamou a cunhada para que acudisse a irmã. Ai dele, outra perdida. Candinho surgiu com parceiro, que namorava a cunhada feiosa. Maria preparava salgadinhos com batida gelada de maracujá. Fechadas no quarto, as meninas escutavam o riso debochado da mãe.

João não tinha sorte: voltou mais cedo, o amásio lá estava. Açulado pela dona, Candinho não fugiu, os dois a discutir. O marido agarrou a faca dentada de pão. Maria de braços abertos cobriu o amante. João reparou no volume da barriga, deixou cair a faca. Com dor no coração, dormiu na sala até o nascimento da quarta filha — outra Maria para desviar a mãe do mau caminho. Ela saiu da maternidade, abalaram-se do Capanema para o alto das Mercês.

Mulher não tem juízo, Maria de novo com o tal Candinho. Domingo, João em casa, ela inventava de comprar xarope para uma das filhas. O pobre exigia que levasse a mais velha. Lá se iam os três — a dona, o amante e a filha — comer franguinho no espeto. A menina, culpada diante do pai, só dormia de luz acesa, a escuridão cheia de diabinhos.

João suportou as maiores vergonhas em público e na presença das filhas. Quem disse que a fulana se corrigia? Magro que era, ficou esquelético, no duodeno uma chaga viva.

Recolheu a sogra, mudou-se das Mercês para a Água-Verde. Outra vez desfraldadas no arame uma camisa e uma cueca de inicial com florinha. Em desespero João expulsou a sogra. Exibiu a roupa à filha mais velha que se abraçou no pai: ela e as irmãs sozinhas até duas da manhã, enquanto a mãe passeava na rua. Apresentava-se com um senhor perfumado, que oferecia bala de mel. A mãe servia-lhe macarrão com vinho tinto e riam-se à vontade. Não dormia a menina a se lembrar do pai correndo por entre as mesas.

Antes que João se mudasse da Água-Verde para o Bigorrilho, Maria fugiu com o amante e deixou um recado preso em goma de mascar no espelho da penteadeira:

Sendo o senhor meu marido um manso semvergonha, logo venho buscar as meninas que são do meu sangue, você bem sabe que do teu não é, não passa de um estranho para elas e caso não fique bonzinho eu revelarei o seu verdadeiro pai, não só a elas como a todos do Buraco do Tatu, digo isso para deixar de ser nojento correndo atrás da minha saia, só desprezo o que eu sinto, para mim o senhor não é nada.

Dias mais tarde, Maria telefonou que fosse buscá-la, doente e com fome, abandonada pelo Candinho na pensão de mulheres. João era manso e Maria era única: não havia outra para ele. Foi encontrá-la na pensão, feridas feias em todo o corpo. Graças aos cuidados de João sarou depressa. Anúncio de que estava boa — no varal tremulou cueca de monograma diferente.

Sem conta são os bairros de Curitiba: João mudou-se para o Bacacheri. De lá para o Batel (nasceu mais uma filha, Maria Aparecida). Agora feliz numa casinha de madeira no Cristo-Rei.

Grávida Porém Virgem

Na volta da lua de mel, Maria em lágrimas confessou à mãe que ainda era virgem.

Lembrava dona Sinhara como o noivo se apresentou pálido na igreja, por demais nervoso? Justificou que, filho amoroso, muito se afligia com a mãe doente. No ônibus, a mão suada, e esquecido da noiva, olhava a paisagem.

Primeira noite o varão fracassou vergonhosamente. Foi alegada inexperiência. A estranha palidez na igreja de violenta crise nervosa — a mãe tinha saúde perfeita. Maria iludiu-se que era desastre passageiro. Ai dela, assim não foi: noite após noite João repetiu o fiasco. Arrenegava-se de trapo humano, não tomava banho nem fazia a barba. A pobre moça buscou recuperá-lo para os deveres de estado. Uma noite, envergando a capa sobre o pijama, saiu de óculo escuro, a noite inteira entregue às práticas do baixo-espiritismo.

— O que me conta, minha filha! Me nego a acreditar. João, um rapaz tão simples, tão dado...

Dona Sinhara evocava o noivo delicado e de fina educação.

— É para a senhora ver, mãe!

Dia seguinte ao casamento um tipo esquisito, que vivia aflito. Uma feita e outra feita, submeteu a moça a provas de intimidade, as quais não foram além do ensaio.

Mais que se enfeitasse para agradá-lo, indiferente aos encantos de Maria. De vez em longe, sem resultado, perseguia o impossível ato. Depois a acusava de única culpada. Suspeitando-a de traição com o primeiro noivo, agredida a bofetão e pontapé:

— Tem de apanhar bastante, Maria. Você é uma histérica!

Proibida de pintar o olho, tingir o cabelo, usar saia curta e calça comprida, sem que ele chegasse a conhecer a noivinha.

Pretendia arrastá-la ao suicídio a fim de esconder o seu desastre. Em provocação soprava-lhe no rosto a fumaça do cigarro. Com a brasa queria marcar-lhe a bochecha para que deixasse de ser vaidosa.

— Por que judia de mim, querido?

— Bem sabe por que, sua cadela!

E, quarenta dias de casada, vinte em viagem e vinte em casa, ali estava Maria, a mais inteira das donzelas.

— Ter uma conversa com esse sujeitinho — bradou furiosa dona Sinhara.

Não era tudo: comprou coleção de fotos pornográficas, obrigada a admirá-las uma por uma. Nem assim prestou-se aos caprichos do noivo — eram quadros imundos e pecaminosos. Suspendendo pelo cabelo ou afogando a garganta, ele a constrangia às suas loucas fantasias. Saciado, era jogada ao chão, dali erguida aos bofetões.

— Ah, o teu pai que saiba... — persignou-se dona Sinhara.

Na volta da lua de mel, João em lágrimas confessou à mãe que a noiva não era pura. Desde a primeira noite, mais carinhoso que fosse, acusava-o de trair o seu ideal. Só havia casado para se livrar dos pais e merecer o título de esposa.

— Por que judia de mim, querida?

— Você não soube ganhar o meu amor.

Ao exigir satisfações, ouviu dela que tinha caspa na sobrancelha. Censurava-o por deixá-la fria e manifestava repulsa física. Se insistia em tomá-la nos braços, atacada dos nervos, atirava-se ao chão em convulsões. Para reanimá-la, sacudia-a gentilmente, batia de leve no rosto.

Não era a ele que amava e sim ao primeiro noivo, de quem se separou por exigência dos pais. Três dias antes do casamento, estivera com a mãe na casa de Joaquim, propusera com ele fugir, mas o outro respondeu que era tarde. Além do mais, segundo dona Sinhara, todos os convites já distribuídos.

Não queria confessar, obrigada revelava toda a verdade — somente nojo sentia por ele, os seus dentes eram amarelos:

— Depois que me beija tenho de cuspir três vezes!

Não saía do espelho, olho pintado, de saia curta ou calça comprida, o cabelo retinto de loiro:

— Nasci para artista. Não mulher de você, um pobretão!

Reclamando de sua presença no leito conjugal, implicava com o assobio do nariz torto de João:

— Vai você ou vou eu para a sala?

Por ter comido salada de cebola — lembrava-se a mãezinha de como gosta de bife sangrento? — forçado a dormir no sofá.

— O que me conta, meu filho! Me nego a acreditar. Maria, moça tão querida, tão dada...

Educada no colégio de freiras, toda cuidados com a futura sogra: um beijinho aqui, um abracinho ali.

— É para ver, mãe! Usa roupa de baixo que a senhora não imagina...

Se não a deixasse em paz, Maria acabava seus dias: engolindo vidro moído, escrevia com batom no espelho que era o culpado. Tal intriga fizera para os sogros que, ao visitá-la, conversavam apenas com a filha, nem cumprimentavam o pobre rapaz, como se ausente estivesse. Uma tarde surgiu-lhe o sogro porta adentro, bradando que recolhera a moça descabelada. Queria saber o que lhe fizera para que ficasse tão chorosa. Se era verdade que lhe marcava a coxa com brasa de cigarro, se lhe surrupiava o dinheiro da bolsa, se ao sair de casa apagava todas as luzes. Sem esperar a resposta, berrou que tinha mais duas filhas para casar e bateu a porta.

— Ter uma conversa com essa sujeitinha — acudiu furiosa dona Mirazinha, com a mão no peito, sofria de palpitação.

Qual a sua surpresa: a náusea da noiva era... de estar...

— Grávida?! — espantou-se dona Sinhara. — Grávida, apesar de virgem?

O incrível resultado de um ato falho do noivo, segundo Maria, tanto bastou para a concepção.

— Grávida?! — surpreendeu-se dona Mirazinha. — E ainda pretende que é virgem?

— Para a senhora ver, mãe, quem ela é.

Após a confissão do filho, Maria foi visitada pela sogra:

— Eu vivo para Cristo. Não para o imundo de seu filho!

Após a confissão da filha, João recebeu a visita de dona Sinhara, que se instalou na companhia dos noivos. A moça não deu a menor atenção a João assim não fosse o rei da família. Ele passava o dia no trabalho e, de volta, queria certa liberdade: lá estava a maldita sogra. Negando-se a moça a ir para o quarto, ficavam bocejando na sala diante da televisão, até que dona Sinhara os mandava dormir. Ele não exercia poder sobre a noiva: nem bife sangrento nem cebola na mesa.

Bem desconfiou que ela era amante da própria tia Zezé. Revoltou-se contra a atitude da noiva que, instigada pela mãe, se negava a cumprir o dever conjugal, arrependida de ter casado tão novinha quando podia aproveitar a vida.

Sempre na casa do pai, Maria confidenciava que João dormia a manhã inteira. À tarde, em vez de ir para o emprego, escondido na esquina, espiava se a pobre moça não recolhia o ex-noivo Joaquim. Mostrava uma folha em branco, exigia lhe revelasse o que estava escrito, eram palavras em tinta invisível — bom pretexto para tentar esganá-la a todo custo.

Existe um motivo para o noivo sentir ciúme, pensou dona Sinhara, é não ser o rei da casa. Bradou para Deus e o mundo que João não era homem bastante para sua filha.

O moço confidenciou para a mãe que, na tarde anterior, entrara a noiva batendo a porta (ó família que tanto bate a porta) e gritando bem alto:

— Fomos a uma parteira. Ela provou que sou virgem!

O pobre rapaz discutiu com o sogro que era detalhe para ser esclarecido.

— Quantos anos você tem, João?

— Vinte e três, sim senhor.

— Com essa idade, João, não sente vergonha de uma esposa virgem?

— Virgem, porém grávida.

O velho indignado exigiu a filha de volta. Respondeu João que Maria estava muito bem com ele. O sogro berrou que se retirasse imediatamente, e a partir daquele dia, proibido de pisar nos seus domínios.

Dona Mirazinha perguntou a uma amiga:

— Como vai a grande cadela?

Porque a chamava de cadela, Maria nunca mais foi visitá-la.

Cada um se queixa do outro para a respetiva família. Ora, a família de Maria está ao lado dela. E a família de João ao lado dele. Casados de três para quatro meses e Maria, segundo ela, sempre virgem. Como pode ser, contesta João, se está grávida?

Um mistério que até hoje não foi decifrado.

A Morte do Rei da Casa

Dezenove anos em boa paz até o dia em que dona Maria recebeu a seguinte carta:

Teu Marido Tem Outra.
O Nome Dela É... Rosinha!
Um Amigo.

Exibiu a carta a um conhecido, de nome Pestana: na repartição, não havia uma Rosinha? Ficasse dona Maria descansada; conversava com a moça e, se fosse o caso, a afastaria de João. Dias depois, telefonou que a funcionária tudo negara, jurando não ser verdade, ocasião em que chorou muito. O autor da carta anônima, segundo Pestana, devia ser um tal Antônio, noivo desprezado da moça e que falava demais. Dona Maria agradeceu: ia sondar o marido para ver com os próprios olhos.

Até o dia da maldita carta tivera-o na conta do melhor homem do mundo. Ao ser acusado, mostrou-se ofendido, não admitia intriga porque a moça era honesta. Com tais palavras, havia matado o rei da família.

Dona Maria reparou que pouco a pouco se afastava do lar. Chegava tarde com a desculpa de muito serviço. A comadre Zezé teria visto o nosso João num banco de praça em companhia de uma loira.

A vida do casal era de incompreensão mútua. Havia sido bom esposo e passou a não prestar, aos olhos de dona Maria, desde que conheceu a tal Rosinha. Transtornada com a carta, não quis acreditar a princípio, depois se convenceu: João saía mais cedo e voltava mais tarde.

Fazia cenas de ciúme e provocava discussão à mesa diante dos filhos, a ponto de o marido afirmar que estava doida varrida. A desarmonia entrou a reinar na casa. João pôs o chapéu e anunciou que ia procurar fora o que não tinha no lar.

Paciência, João — repetia consigo —, a mulher na idade crítica e, vez por outra, ameaçava se envenenar com vidro moído. Não saía da casa dos parentes, a descuidar de suas obrigações, e maltratava os filhos, ainda mais a criança doentinha que era manhosa.

O diálogo entre os dois acabava aos gritos. Na hora da refeição gostava de o provocar, ele se erguia da mesa sem comer: não tinha esposa, sim uma inimiga em casa.

João não lhe dirigia palavra grosseira; pudera, se nem falava com ela, exceto na ocasião em que a acusou de *Cadela sem-vergonha,* ao segui-lo até à repartição. Mal resmungava ou não respondia, ai dele se o fizesse! Exaltava-se dona Maria com tais brados, forçoso chamar o farmacêutico para lhe dar calmante.

Quem iniciava a discussão era sempre ela. Em vez de retrucar, votou-lhe o maior desprezo. Não a olhava, dormia em quarto separado, usava toalha própria no banheiro. Calmo, não erguia a voz, salvo quando muito nervoso. Dela não queria saber: depois da célebre carta, era outra Maria, viciada em drogas.

Defendia-se que todo casal tem suas discussões. Mão posta, em lágrimas e descabelada, que a tratasse melhor e deixasse aquela atitude de soberba. João contestou que era impossível, reservado para ela um lugar no hospício:

— O rei da casa foi você que matou!

Acudiu que não se dirigia ao marido, mas ao pai de seus filhos. Se é que estava morto, procedia como viúva.

Com a divisão do lar, passaram a não se falar, sem saber um da vida do outro. Ele não voltou no primeiro nem no segundo dia, foi no terceiro que Maria soube pela filha mais velha: internara-se João no hospital, operado de úlcera perfurada. Lá era assistido pela funcionária, que lhe levava papéis para assinar. Dona Maria irrompeu no quarto, tal desfeita não merecia:

— Você ainda é meu marido.

Ele mais que depressa:

— Nada de marido — e virou o rosto para o canto.

Dona Maria vestiu-se de preto e confeccionava flores para vender. No seu aniversário, em presença das amigas, anunciou que para ela João não existia.

Com a vida amargurada, não o deixava em paz, sofria de ataque: ao cair, espumando raivosa, de costas para não quebrar o óculo. Ora na porta, ora na janela, aos berros selvagens.

— Eu sou viúva!

O casal separado dentro de casa, um faz a refeição em hora diferente do outro e não andam juntos. João chega para almoçar, ela se retira para o quarto. O marido serve-se da comida no fogão, das mãos dela não a aceita.

A senhora lida até alta noite com os buquês artificiais. Maior parte do tempo curvada, queixa-se de dores nos rins. Sábado à tarde, toda de luto, flores na mão, vai ao cemitério. Deposita-as na cruz das almas, acende uma vela para o morto. Diante do mundo é a viúva do pobre João.

Dia 11 de março ele faz a barba assobiando, dá alpiste para o canário, beija os filhos, sai para o emprego e nunca mais volta.

O Beijo do Carrasco

Não é que dona Maria, santíssima senhora, esteja de amores com o doutor. Quem o recolheu na sala foi o próprio marido:

— Olhe aqui, Maria. O doutor André.

Primeiros dias brigava com João por causa das intimidades do amigo, por isso apanhou muito. Às três da manhã, embora doente, abriu a porta ao marido e ao doutor, bêbados de volta da pescaria, famintos por uma boa fritada de ovo e linguiça. Outra vez o doutor apareceu com a camisa em mau estado e, por ordem de João, ela pregou um botão aqui e outro ali.

Domingo é o conviva de honra, instalado à cabeceira da mesa.

— Sirva o doutor, Maria. O coração é para o doutorzinho.

João emprestou-lhe meia e cueca por ter-se molhado na chuva. Chegou até mesmo a tomar banho na casa. Dona Maria, senhora de respeito, exigiu não mais a visitasse.

Ofendido, após discutir e bater-lhe no rosto, João arrumou a mala e saiu de casa. Mão dada com o filho, ela foi procurá-lo no emprego. O marido concordou em voltar se com ele voltasse o querido doutor.

Maria, a pobre, sacrifica-se pelo menino doente. João reclama bom macarrão e bom vinho. Nega-lhe dinheiro enquanto não satisfizer os caprichos do doutor:

— Você não costura? Dinheiro eu não tenho. Saia e defenda-se.

Penando na toalhinha de crochê, ela se queixa de mosca teimosa no olho.

Obrigada no meio da noite a fazer café e sala para o distinto, enquanto o marido vai sossegadamente dormir. O doutor sofre de erisipela na mão, sempre de luva preta. Bom homem, não abusa da situação, se bem o amigo atire a dona aos seus braços.

Contenta-se em olhá-la por sobre a mesa. Vez em longe, alisa o bracinho nu com a luva negra e úmida.

Certa feita pediu-lhe que descobrisse o seio, ninguém sabe se dona Maria atendeu. Costura a heroína de cabeça baixa e, a bebericar sua cerveja gelada, ele a devora com olhinho lacrimejante de velho.

Após o jantar, para deixá-los à vontade, João ausenta-se com uma desculpa. Noite de chuva, nem se afasta da casa; bate a porta e refugia-se à sombra da varanda. Os vizinhos o escutam a abafar a tosse, distinguem a chama de um e outro fósforo.

Lá dentro em nova delícia o doutor queima no cigarro o bracinho gorducho de Maria. Forçada a infeliz, no verão, a usar manga comprida.

Lágrimas de Noiva

João chamou a atenção da noiva que falava a um convidado, agora era dona casada e não podia conversar com qualquer homem.

Desde a repreensão, não mais a olhou nem lhe dirigiu a palavra, exceto na presença de terceiro. Ralhou com ela por despedir-se em lágrimas da mãe viúva, assim não o quisesse acompanhar na lua de mel.

Primeira noite a noiva muito se arrependeu, acusada de não ser virgem. Mão posta, jurou que era filha de Maria e a mais pura das moças.

Obrigou-a na viagem a sentar-se de costas para as pessoas. Insistiu que havia casado por interesse, bem como nunca tinha sido virgem, tanto que não parava de chorar. As intimidades eram e não eram normais, ora queria que um ficasse de pé, outro sentado, ora os dois de cabeça para baixo, o que nem sempre ela podia recusar. Maria não se entregava com prazer porque a deixava machucada e cheia de dores.

Instalados na casa, brigava com ela todos os dias; proibia-a de visitar a sogra e ir à missa, mulher sua não andava sozinha. Quase a esganou ao dar com a moça à janela, espanador na mão e lenço vermelho na cabeça.

Ele foi para o emprego, Maria arrumou a trouxa e deixou um bilhete sobre o travesseiro:

Querido João, você me judiou demais. Não tenho mais amor, embora ache você um homem trabalhador. Pensava que ia ser feliz e foi tudo ilusão. É melhor que me separe de você fugindo escondida, na sua frente eu não teria coragem. Vou para um lugar onde não possa me encontrar. Não faça nenhuma bobagem. Adeus para nunca mais.

João foi à casa da sogra, arrependeu-se diante da mãe e da filha. Desculpou-se das placas azuis na coxa branquinha de Maria e não era só: quem lhe arranhara todo o pescoço? Reconheceu por essa luz que o alumiava era moça muito virgem. Nunca mais iria impedir chegasse à janela da sala. Nem obrigá-la a sentar-se de costas para os outros.

Condoída e, além do mais, grávida, a moça voltou. Assim viveram seis anos, ora em idílio (nasceu uma filha), ora em guerra (outro filho teve poucos dias com as surras que ela sofreu durante a gravidez). A princípio João não batia sem discutir, depois ela apanhava sem conversa mesmo. Bêbado ainda pior: pontapé no cachorro, beliscão na filha, sova de cinta na moça. Investiu e afogou-lhe o pescoço:

— Arre que hoje é o dia!

Correu, seguida por João, revólver em punho:

— Não fuja. Eu quero te matar, sua cadela!

Cansada de padecer, a filhinha no braço, Maria refugiou-se com a velha. Dia seguinte lá foi João à sua procura.

Barrado na porta pela sogra, contestou que sempre foi bom marido, a ponto de levar cafezinho na cama e, além de ajudar no almoço e limpeza da casa, banhava a criança. Graças a Deus, de boas maneiras, jamais rogou praga e palavrão, salvo quando necessário e provocado em sua honra. Não lhe havia apertado o pescoço, apenas a afastou delicadamente quando, geniosa como era, quis furar-lhe o olho direito com agulha de tricô. Nunca jamais a chamou de vaquinha e à sogra de aquela vaca velha. Nem era verdade que tivesse encostado um cigarro aceso no bracinho da filha, porque chorando não o deixava dormir. Mentira que, a comer amendoim torrado, cuspiu as cascas no rosto da moça, perguntando a quem havia oferecido o corpo.

A sogra não o convidou que entrasse, nem conseguiu falar com a mulher. De volta a casa, João chamou a vizinha, não queria mais o cachorro com que ela presenteara a filha, atirou-o ganindo por cima da cerca. Deixou as violetas sem água e murcharam as pobres.

Tornando à presença da sogra, exigiu falar com Maria. Ela veio à janela, João de pé na varanda:

— Queridinha... — de olho baixo, a catar fiapo no terno azul do casamento.

— Nada de queridinha!

— Olha, Maria, estão me judiando demais. Pelo amor de Deus, não me abuse. Pelo amor de minha filha, não quero ser criminoso. Vocês estão procurando. Não me façam isso. Estou com minha consciência limpa. Essa vaca velha não se meta. Agora sei quem ela é. Já andava com intriga de mim para os turcos. Sei que essa tua mãe te desencabeça. E você é muito boba de ir atrás. Agora está como ela quer — uma desgraça bem grande. Já estou perdido da vida. Não conto com mais nada. Nem com minha própria filha. Você está trazendo tudo o que é teu para cá. Já trouxe as joias. Agora tua roupa de passeio e os sapatos. Essa tua mãe quer falar de juiz e de justiça. Minha justiça sou eu mesmo. Não pense tenho medo da vaca velha. Estou preparado para enfrentar qualquer um, seja para morrer, seja para matar. Procurei sempre trazer conforto para casa. Nunca fiz questão de despesa. Você me abandonou por causa dessa tua mãe. Se estivesse comigo nada disso acontecia. Tirou a minha filha de mim. Aproveitou-se da hora em que fui para o trabalho. Hoje vim disposto a tocar fogo. Mas pensei na minha filha. Amanhã volto aqui furioso, daí quero ver. Por bem comigo tem tudo. Por mal está querendo uma grande desgraça. Já sabe, Maria. Sem minha filha sou tentado para a morte. Você está marcada. Maria, amanhã você me acompanha ou morre.

Daí exigiu levar a filha ao circo, lá se foram os dois bem felizes. A menina queixou-se de que a avó lhe dava banho com sabão de potassa. João comprou-lhe sabonete perfumado e, na romaria de botecos, entre uma cachacinha e outra para ele, empanturrou-a de cocadas branca e preta. À noite devolveu a filha e, bêbado, repetiu da rua o anúncio de morte.

A filha contou que, depois do circo, visitaram dona Zezé: o pai deu uma palmada na tal senhora, gritou que era muito boa. Fez que a filha pedisse a bênção e, como se negasse a chamá-la de tia, ganhou uns cascudos.

Dia seguinte João tornava à casa da sogra. Empurrou o portão, cruzou o jardim, subiu a escadinha e na varanda bateu palma. Sofrendo demais, não podia viver longe. Rompia no choro ao lembrar-se dos carinhos de Maria: se não era ela, quem lhe espremia as espinhas das costas?

Ninguém acudia. Deu a volta, espiou pela janela da cozinha: a sogra e a moça faziam macumba, de vela acesa, a invocar o seu nome para o quinto dos infernos. Tocou de leve na vidraça, as duas correram para a sala. Outra vez na porta da frente, bateu com força. Eis o estrondo de um tiro: de onde partiu, quem disparou? As mulheres surgiram à janela da varanda.

— Pena que não acertei! — queixou-se Maria.

Apontara na porta, sem que a bala a trespassasse.

João balbuciou o primeiro de mil perdões, a sogra pôs-se a bradar:

— Fogo nele... Acuda, polícia!

Maria desfechou o segundo tiro. Para não ser ferido, correndo aos pulos pelo canteiro de malvas, ele deixou o portão aberto.

No boteco da esquina pediu uma cerveja e bebeu com aflição. Sem tirar o chapéu, enxugou o suor frio da testa e, trêmulo das pernas, abateu-se a uma cadeira:

— Não fosse ligeiro agora estava morto!

A Partilha

João aceitou a moça na sua companhia, certo que dele bem cuidaria: mais não tinha que umas garrafas no botequim, um colchão para dormir e, comendo de marmita, sofria do estômago.

Maria foi casada no religioso com André, do qual se separou, para viver com um e outro, um deles jóquei de quem teve um filho; o nome do último companheiro era Chico, que dela se aborreceu. Em serviços avulsos nas casas de família, ganhava uma miséria, que ainda repartia com a criança.

Ao fazer vida com João, não mais trabalhou fora do lar, ela e o filho de dois anos às custas do amásio. Dele tratava na doença e, enquanto João ia comer, servia os fregueses no balcão.

João comprou algumas cadeiras, um guarda-louça e mesa simples de pinho, pintada de azul-claro. Meses depois, apoderou-se das economias da moça a fim de que os móveis não fossem retomados pelo agiota. Ocorreu o atraso por se achar doente, com uma ferida na perna, que arruinou muito e, consequência da crise, os negócios iam mal.

Passaram-se anos. Ela recebia a visita de outro homem na ausência de João, que era senhor de idade: usava dentadura dupla, suspensório de vidro, meia furada de lã.

— Mamãe vomitando no quintal — veio preveni-lo o menino.

João percebeu que estava grávida, desconfiou do tal Chico. Acusada de traição, Maria se desculpou que era nervoso e, logo depois, barriga-d'água.

— Meu rapaz — acudiu João —, sua mãe é uma grandíssima cadela!

Correndo no suspensório o grosso polegar de unha curta e amarela:

— De todas as mulheres a mais sem-vergonha.

— Nunca fui gastadeira — defendeu-se Maria.

Xingou-o de velho miserável, rabugento, cheio de mania, esfregando-se na cozinha e seguindo-a quando ia arrumar o quarto.

— Teu filho é testemunha. Ah, meu rapaz, essa mulher tem me judiado.

— Deixe o menino de fora, velho sovina!

— É teatro dela, meu rapaz — e arregaçou os dentes alvares na cara sofrida e murcha. — Deus se compadeça de nós, maridos!

Maria viveu nove anos e três meses com João, varria o soalho, cozia o feijão, torcia a roupa. O casal apartou-se desde que o velho enjeitava um filho que não era dele. Barriga pesada, a moça não podia entreter o menino, sempre a chorar de fome.

Na despedida, Maria recebeu do companheiro alguma roupa, duas panelas, seis xícaras com pires, cinco pratos, dois garfos, quatro facas, seis colheres, sendo três grandes e três pequenas.

Agora ficou só, com os dois filhos. De outro marido não quer saber.

Tentações de uma Pobre Senhora

Desde o dia em que casou, não teve um momento de felicidade: o marido bebia demais, nada procurava fazer do seu agrado. Uma ou duas vezes deixou o vício, ela misturava remédio no café.

João tratou-a como a última das mulheres: rasgou a camisola, exigiu desfilasse nua com a luz acesa e, os dois pelados na banheira, suplicava que mordesse atrás da orelha. Não a levava a parte alguma, quando ela ia visitar a mãe viúva era um deus nos acuda. Cada dia mais escravo do copo, João deixou de a procurar até para a sua obrigação.

Após o segundo filho, ela mudou a maneira de proceder e, a destratá-lo de bêbado e vagabundo, só cuidava de embonecar-se. Desleixava da casa e a menininha ficou raquítica, sofrendo de bronquite. A dona trocava de vestido com a janela aberta, em convite aos homens que passavam na rua. Muito faceira, escandalosa de exibir as prendas, antes dava pouca importância a essas vaidades — a roupa de baixo eram sedas, brincos e rendas. Desgostoso, João rendeu-se à bebida, vez por outra ficava de cama: crise de fígado ou, segundo ele, pó de vidro com que Maria envenenava a comida.

A dona saía a fazer compras, ele suspeitava que à procura de homem. Abandonava as crianças, sendo vista ora no banco da praça, ora no táxi em disparada. Exigiu o marido não andasse sozinha, acompanhada de um dos filhos. Deixando o maior com a vizinha, Maria entrava com a pequena de cinco anos no cinema; enquanto a filha se distraía com o pacote de balas, entregava-se a carícias furtivas com o homem da cadeira ao lado — cada vez um homem diferente.

João protestou que seu comportamento não era de senhora honesta. Ela debochava que o distinto só cuidava de beber, não lhe satisfazia os desejos; bem gostava de carinho, cansada de oferecer-se a ele, que apenas lhe dava o desprezo. Atacada dos nervos, frequentou terreiro de umbanda a fim de receber passes: saía da tenda divina às dez da noite, chegava alta madrugada em casa.

João espionou a mulher, quase a surpreendeu em hotel suspeito com um senhor grisalho. Soube que esteve debaixo da Ponte Preta de mão dada com um estudante. Reconhecida no terreiro aos beijos com o moreno de cabelo pixaim. Pintando as unhas do pé, diante do espelho, a janela sempre aberta, exigia mais e mais dinheiro.

— Por que não vai ganhar na rua? — berrava João, desvairado. — Pedir ao seu parceiro!

Primeiros tempos, se ela gostava do marido, com os maus-tratos passou a odiá-lo. Conheceu por acaso um moço de nome José. À noite, com a desculpa da tenda divina, saiu para o encontro. Nove horas, desceram do táxi na pensão Bom Pastor; o rapaz pediu quarto de casal e pagou adiantado ao porteiro.

Meia hora depois, a porta do número 21 sacudida com fortes pancadas. Uma voz indagou quem batia. Do corredor outra voz grossa respondeu que a polícia. Rumores abafados, cochichos, foi aberta a porta: os três policiais irromperam no quarto e, acendendo a luz, deram com a senhora sentada na cama, em combinação de seda azul, ali na companhia do amante, esse de calça e camiseta, sem sapato. Cama desarrumada, lençóis revoltos. Debaixo dela, diversos papéis amassados.

No corredor, o pobre João acendia um cigarro no outro e explicava ao porteiro que a mulher não costurava o botão da cueca, relaxava na cozinha e, alegando nervos abalados, batia sem piedade na filhinha asmática. Chamado ao quarto 21, reconheceu na pecadora a sua legítima esposa. Muito aflita, Maria confessou estar em busca de remédio para o alcoolismo do marido.

Um dos papéis, achado sob a cama, lido em voz alta pelo agente de polícia, era endereçado ao amante:

Zeca, meu Zequinha, às oito da noite no mesmo lugar. Antes eu sentia remorso de marcar encontro. Agora não. O fulano tem me judiado demais. Toda sua de corpo e alma — Maria.

O outro bilhete antes invocação a Nossa Senhora:

Minha Nossa Senhora, sofro agora e daqui a pouco sou doidamente feliz. Amo e padeço ao mesmo tempo. Ó Mãe de Deus, ajuda-me. Olha esta pobre mulher tentada, que sempre teve boa intenção, agora sem força para repelir o demônio do pecado. Mãezinha do céu, aclara meu coração, ilumina minha alma. Bem sei que não condenas um amor puro e assim abençoa o nosso amor.

Eram rascunhos, desculpou-se Maria, a exibir a coxa muito grossa, rabiscados em momento de desvario e, olho branco, sofreu um ataque.

O porteiro acudiu com água de açúcar. Tornando a si, a pobre senhora bebeu alguns goles e perguntou se mais devedor não era o marido que, ao negar-lhe o carinho, a humilhava no seu orgulho de mulher.

Devaneios do Professor de Filosofia

— Tão aflita, meu velho, mais não sei o que fazer. Mil copos d'água em jejum... Péssimo costume o seu, não olha para mim. Gostava mais quando noivo, era tão atencioso. Onde está com o pensamento?

Como vai a dona dos meus pensamentos? Que esta cartinha a encontre gozando a mais perfeita saúde. É escrita por um rapaz conhecido da senhora.

— Tadinha da menina, tropeçou e caiu. Vá acudi-la, meu velho. Como é distraído, que horror. Não fosse eu, que seria de você? Olhe o ônibus. Cuidado ao atravessar a rua.

...Que bonitinha, não se machucou. O titio sopra o joelho. Saiu sangue, não é nada. Esfolou a bundinha? Tão pequena e tão sapeca. Ainda não cai de costas, anjo? Só um beliscão, não dói.

— Por que a menina chorou? Não sei onde a cabeça. Pudera não ser professor de filosofia. Ao menos eu não sofresse, veja a minha perna. Triste de mim, como está inchada. Ai, se o descubro a espiar o joelho das moças.

Quero a todo custo ser o seu amante. A senhora é muito boa de perna e de seio. Tem uma boca do tamanho da minha. Se insistir muito, também posso pagar.

— Comer fatia de mamão — e com as sementes. Meu velho, que a moça traga um pedaço. Está na geladeira. Em que é que você tanto pensa?

Caso interesse, espere na esquina, às sete da noite. Se não concordar, agarro a sua menina à traição, quando sair do colégio.

...Ai, sua diabinha, que fazendo? Por uma fatia de mamão quer me castigar? Pena de mim, um pobre senhor de cabelo branco. Não aperte a coleira prateada que me afoga. Confessar o que, sua diabinha? Não cochichei nome feio para a menina. Nem sou o autor das trinta e nove cartas anônimas. Para quem o chicotinho de sete pregos? Não bata com força, ó selvagem domadora de botinha preta. Último dos escravos, beijo a unha dourada do seu pezinho. Que eu grite? Vem a Marica e descobre. Minha nádega em fogo, sua diabinha. O mamão, depressa, lá vem ela.

— Que muito demorou, velho? Cada vez mais ensimesmado. Hei de descobrir em que tanto pensa. Agora o mau costume de rir baixinho. Ah, sofresse como eu, se achava graça. Espero que o mamão faça algum bem. E a simpatia das três ameixas-pretas?

Espero que o mamão lhe faça bem. Demais perdido pela senhora — cuidado não deixar sozinha a criança. Se não for minha amante eu me vingo.

— Que horror, velho. Tão entretido consigo, quase ficou debaixo do ônibus. Outra vez a rir baixinho... Um tostão pelo seu segredo?

...Meia-noite no convento de noviças, ao longo do corredor capenga o monge negro e, no segredo de cada cela, uma doce freirinha suspirosa que se oferece, em meia de seda e liga roxa sob o hábito grosseiro de lã: Entre, ó rei dos apaches, sou toda sua!

Sou moço loiro, vinte anos, moro em Curitiba. Despede-se o seu futuro amante na aflição de morder a pontinha da orelha direita.

— Por que deve a mulher sofrer? Sete noites das três ameixas-pretas. Feliz, de nada se queixa e, esquecido como é, se eu morresse achava outra mais moça?

...Obrigadinho dos pêsames. Minha pobre Marica, santíssima senhora. Ao meu lado e, distraída como era, de encontro ao ônibus. Uma boa morte: sofria tanto, a coitada. Muito gentil a menina, o luto assenta com meu cabelo loiro? Vejo que é uma safadinha. Aqui, debaixo do caixão, durante o velório? Ai de mim, para quem o chicotinho de sete pregos?

O Leito de Espinhos

No casamento de João e Maria houve grande festa. Às duas da madrugada, entre risos, recolheram-se ao quarto nupcial. Meia hora mais tarde foi uma gritaria medonha. Gemendo e arrancando os cabelos, arrastava-se a moça no corredor. João a agredia, aos berros:

— Ai, mulher, que te arrebento!

Desfeiteada, choramingou a pobre Maria, por ter o marido imaginado não fosse pura — onde no lençol a prova de que era moça? Ela se abraçava na mãe em lágrimas, o pai de voz severa anunciou que, submetida a filha a exame, no caso de inocência ele mataria o marido e, verdadeira a suspeita de João, esse deveria acabar com a esposa. João, que não era de morticínio, pronto se desculpou da dúvida.

Dia seguinte o casal mudou-se para o seu ninho. Segundo João, indigna seria a moça, por ter-se casado quando não era virgem. Maria queixava-se dos sofrimentos, havia muita discussão e briga: entre o marido e o pai, sempre ao lado do pai.

João não podia esquecer o agravo e era inimigo de passeio, alegando que não tinha tempo. Domingo de manhã, em cueca, distraía-se na varanda a tocar violão. Se não deixava faltar mantimento, roupa de mulher era uma luta para ser comprada; acusava-a de gastar demais, com cinco pares de sapatos, ela que só tinha a roupa do corpo quando foi para a sua companhia.

Triste achava-se Maria no ponto de ônibus, apresentou-se um cavalheiro de nome Ovídio. Entre os dois nasceu uma paixão. Com ele, embora senhor idoso e de óculo, sentia o verdadeiro amor. Ovídio procedia com agrado e meiguice; ora, jamais era acariciada por João que, saciado, lhe dava as costas e punha-se a roncar.

Ovídio se afastou dela, por estar grávida. Maria renegava a criança que arrancaria da barriga, nem que fosse com as próprias mãos. Muito mal falava de João para a vizinhança:

— Tomara que o pé seque.

Ou:

— Já que saiu para a rua fique debaixo de um caminhão.

Outra promessa de servir no almoço vidro moído e, não fosse dona de respeito, enganaria o marido. Este não retrucava e, apanhando o velho chapéu, batia a porta.

Após o filho, Maria não parou mais em casa, deixando de cozinhar o feijão, espanar os móveis, lavar a roupa de João. Pretendia visitar os pais; lá deixava o menino e rumava para outros lugares. De volta, o marido encontrava o fogo apagado, ficava à sua espera até horas mortas. Não podia andar atrás dela, era homem de trabalho: sua vida de casa para o serviço. Ao chegar, Maria lhe recusava o corpo, como se fosse um estranho:

— Vá pegar alguma vagabunda na rua.

Nem esquentava a mamadeira da criança. Repelia os carinhos de João, negava-se a aceitá-lo no leito e, muita noite, obrigado a dormir no sofá da sala. Humilhava-o na presença do pai:

— João, você não é homem!

Nem usava a aliança que, segundo Maria, era sinal de desdouro.

Para os seus passeios furtivos alegou a profissão de manicura, que atendia freguesas com hora marcada: uma vitrina de anéis, brincos e pulseiras. Cada vez mais linda aos olhos de João, rendido de amor.

Maria lhe deu o maior desprezo. Proibiu-o de beijar o próprio filho, nem era dele, sim de um tal Ovídio.

João revelou-se homem sem grandes pecados. Caseiro, pacato, sacrificava-se pelo menino e a mulher, a quem entregava todo o salário, ficando com algum trocado para o cigarro e o ônibus. Um dia era feliz, outro infeliz, com fama de orgulhoso porque, só de vergonha, não cumprimentava os vizinhos.

O Pai, o Chefe, o Rei

Velhinho trabalhador, João bebe demais, aos gritos até hora perdida da noite.

Sóbrio é manso e de boa sombra, o chapéu humilde na mão. Com a idade, fraco da cabeça, embriaga-se fácil; sempre a faquinha na cinta, ameaça espetar os outros. Assanhado, persegue as moças na estrada.

Em casa, olho branco de boi bêbado, atropela a mulher e os sete filhos. Muito calma, a velha não discute, ganha o terreiro com o menor no colo.

João bate a garrafa na mesa, esmurra a parede, afinal aquieta-se. Maria e os filhos vão-se chegando à porta, espiam de longe, desconfiados. A velha traz a gamela de água esperta e, enquanto ele molha os pés, serve o viradinho com torresmo.

João se diverte a azucrinar a pobre:

— Tenho outra mais moça.

Chega da roça o André, quebrou milho o dia inteiro. As crianças deitadas, a mãe come de pé ao lado do fogão, no meio da algazarra:

— Epa, vaca velha!

O moço, desafiado pelo pai, bebe meio litro de cachaça.

— Pai, deixe a mãe em paz.
— Filho meu não pode comigo.
— O senhor está bêbado, pai.

O velho nega ao filho o direito:

— Aqui não sou nada? Não mando na minha casa?
— E pra ter sossego hei de sangrar alguém?

A dona pede ao marido não grite e ao filho não responda. João insiste, um pouco alegre, mas não bêbado. O moço não pode assim falar com o pai e chefe da casa:

— Você é um bandido? Quer me sangrar?

Não o provoque, repete o moço, bem nervoso. Em seguida derruba a cadeira e espatifa a garrafa.

— Vai me esfolar, valentão?

André alcança na parede a espingarda. O velho desfere soco na mesa:

— Se for macho atire. — Outro murro mais forte.
— Atire, que mata um homem.

O moço bate no joelho do pai, sentado no banquinho, a sombra do chapéu no olho:

— Quer provar? Mostro o que é homem.

— Filho meu não pode comigo.

André carrega um cartucho no cano direito.

— Não é macho, seu moço.

Mãos na cabeça, a velha brada por todos os santos do céu.

— Já que pede eu te mato — e André aperta o gatilho.

João cai do banquinho, geme, a mulher acuda. Pegam-no o filho e a dona, deitado na cama.

— Ele me duvidou — diz o moço — eu atirei.

— Atirou no pai, no chefe, no rei. Não é mais ninguém.

O velho dá uns gritos, logo se arruína, espuma no canto da boca. Erguendo a mão fechada, pragueja o filho, e morre.

O Martírio de João da Silva

Maria não aceitava a condição de dona casada e mãe de uma filha. Queria prazeres e mais prazeres, tais e tantos que era duas lágrimas azuis se não podia ir a algum baile, deslumbrando com sua presença as noites alegres da Sociedade Operária Internacional Beneficente da Água-Verde. Vestida de ouro, reinava no salão até a hora do marido ir para o emprego; antes de sair, ele ainda trazia café na cama.

João fazia extraordinário por mais um dinheirinho, guardando alguns miúdos para o cigarro. Tão contente, com um assobio que abria o portão; homem sem vício, a única fraqueza, além de Maria, o cigarrinho. Pobre João, era dona tirana, vaidosa, perdida por festinha. Conchegada nos braços de um e outro tipo, ora na Sociedade 27 de Abril, ora na Sociedade Cristo-Rei, com os quais frequentava antros de perdição.

Só cuidava de passeio e diversão; na volta, dizia ter encontrado José e Joaquim, galãs apaixonados, ao mesmo tempo se arrenegava de João.

— Você é um palhaço, João. Sabe o que é um palhaço?

Além do mais, o sogro interferia na intimidade do casal, a esse estranho é que a *sua* filha pedia autorização para fumar e tingir de loiro o cabelo.

Da discussão de quem era mais homem, pai ou marido, resultou que Maria cuspiu na cara de João e enterrou-lhe as unhas no pescoço. Rosto em sangue, João agarrou-a pelo pulso e derrubou na cama. O bastante para que a mulher, aos gritos de socorro, fizesse o maior escândalo. O velho pai, que morava ao lado, acudiu em sua defesa, aos socos e pontapés no genro. João apanhou a pior surra de sua vida, até perder os sentidos. Não fosse a intervenção de uma tia Zezé, estaria no cemitério, tanto o sogro queria matá-lo:

— Eu acabo com o desgraçado do nhô Silva.

Entre pai e filha pouco valia o seu nome de batismo, era sempre o apelido de nhô Silva, que nada tinha a ver com João.

Esforçava-se em levar a fartura ao lar: o salário entregue inteirinho na mão de Maria. Com o dinheiro dos biscates oferecia regalos de fruta, bombom e teteia. Ela anunciou que estava grávida. Depois o filho não lhe pertencia. De outro homem que gostava, doida de paixão por um tal Paulinho. Uma noite, ele encontrou atirados na rua os objetos de uso pessoal e a porta trancada. Para não acordar os vizinhos bem quieto dormiu num banco de praça.

Na sua perseguição das regalias do mundo, a dona se vangloriou:

— Não tem nada comigo nem eu com você.

Expulsa pelo guarda do cine Curitiba por seu comportamento vergonhoso na companhia de dois tipos suspeitos. Tão outra era ela que, depois de conhecer galã de bigodinho, banquetear-se em churrascaria, dormir em quarto de hotel, não suportava viver com o excomungado nhô Silva.

O nosso João, que não era Silva e ao qual nunca ninguém tinha escrito, começou a receber carta anônima:

É meu dever alertá-lo sobre sua mulher. Não fui só eu que vi. Não posso mais assistir a tais cenas de traição. Vigie bem a sua dona, um dia é o bastante.

Ou então:

Dona Maria é infiel dentro do lar, na cama do casal e na presença dos menores.

— João, fiz tudo para você ver. Sei que é louco por mim. Não quis enxergar, agora vou dizer: sou adúltera há mais de cinco anos. Não pense que estou arrependida.

Três vezes, enquanto dormia, ensaiou matá-lo com o facão de cozinha e só desistiu porque, se fosse presa, iria se privar das bacanais.

Tudo o que João toca ela despreza. A louça e o garfo que ele usa Maria atira longe com ódio. Ele quem lava a camisa e a cueca. Os filhos menores, esses, vivem nervosos e assustados.

No sábado, entrando em casa, cadê a mulher?

— Na praia com os meninos e o novo marido — brada a vizinha sobre a cerca. — O senhor não sabia?

De volta, Maria abate o último frango, homenagem a um doutor que lá vai almoçar. João protesta que é galo de raça e de estimação, ela não tem o direito de matá-lo. Acode Maria que, nada sendo bom demais para um doutor, o prato do dia é galo vermelho.

O Anjo da Perdição

— Prometo me comportar direitinho — e avançava com a mão boba.

Ela se aprumou, indignada:

— Para mim é o doutor João!

— Para você não sou doutor. Um pobre homem rendido de paixão.

— Sou moça honesta!

— O primeiro a saber que é.

— Não fica bem me pegar na mão. Sou noiva do sargento. O que estamos fazendo é uma traição.

— Traição nenhuma. Noiva não é freira. Meu carinho é de pai. Me contento de olhar essa carinha mais linda... — e forcejava por erguer o vestido.

Elogio desvairado a cada pedacinho do corpo:

— Esta imperfeição — a pequena cicatriz no pescoço — é a maior perfeição da natureza!

Acabou por envolvê-la nos braços.

— O senhor não pode me forçar! — e retraiu-se, corpo duro, olho inimigo.

— Não tenha medo, anjo. Sente-se mais um pouco. Conversinha não tira pedaço. A linha do amor — e fazia-lhe cócega na palma — revela que é escrava da luxúria.

— Acho que o sargento não gosta de mim.

— Por quê?

— Nunca me disse isso.

— Se não disse é um bruto. Quem olha essa carinha mais doce (e beliscava a bochecha com a mão trêmula) não pode deixar de.

— O doutor é assim carinhoso com os filhos?

— Com você é diferente. Para mim é um anjo perdido do céu.

— Para meu pai sou uma pobre coitada.

Tarde chega do emprego, a mãe guarda o jantar no forninho. Costura o próprio vestido. Lava e passa a sua roupa no domingo. Cada fio solto da meia é selado com esmalte.

— Se não morrer este ano não morro mais.

Tal a canseira, perdeu cinco quilos.

— A magreza lhe assenta bem. Precisa cuidar dessa tosse.

— Até que estou melhor — tossicava de mão na boca.

— Só peço da vida ficar junto de você. Contemplando esse queixinho mais... Como pode se dominar? Eu, assim bonitinha, ficava me admirando no espelho. Nua eu me beijava por todo o corpo.

— O senhor parece louco — e uma risadinha de sapeca.

Enterrou o nariz no cabelo dourado, mordiscou a pontinha da orelha. Ela se distraía a catar fiapos no paletó: Será que estou com caspa?

— Perna comprida. É isso que está reparando?

— Sabe que esse joelho tem uma covinha?

— Cuidado, doutor. Não elogie tanto. Se eu gostar do senhor, como é que vai ser?

— Você é virgem, anjo?

— Certo que sou. Nem o doutor tinha o direito de perguntar. O senhor é pai, não é? Basta pensar nas suas filhas.

— Só perguntei porque sabia da resposta.

— Minha experiência começou tarde. O primeiro beijo eu dei com vinte anos. Assistia a cenas de amor no cinema e não me emocionava. Daí namorei um viúvo quinze anos mais velho. O primeiro beijo foi esse viúvo que deu. No começo não senti nada. Com a repetição fui vendo como é bom.

— Ah, é bom. Um beijinho só, anjo. Gostou do viúvo?

— Um pouco. Até hoje é louco por mim. Só eu querer casa comigo.

— Gosta de homem mais velho?

— Prefiro um senhor maduro com experiência da vida.

— Basta ver o seu narizinho.

— Que é que tem?

— Ele fica maior quando você me olha. Os lábios são dois ninhos de beijos.

Bem quieta, deslumbrada, o dente branquinho; de repente agarrou-lhe três dedos com a mãozinha suada:

— O doutor é mesmo um amor!

Ele arremeteu aos beijos no rosto afogueado, babujando o lóbulo da orelha. Apertava-lhe as bochechas em delírio:

— Que boquinha, anjo. Ó rostinho mais adorado. Sopesou de leve o seio maduro, polpudo, com biquinho.

— Vim aqui de louca. Não fica bem. O pior é que gosto do sargento.

— Aposto que é um bruto, mau caráter, monstro moral.

— Sou moça direita. Preciso tirar o doutor da minha cabeça.

— De quem gostou mais: do viúvo ou do sargento?

— Mais do viúvo. O sargento não tem vivência. Nem sabe falar bonito como o doutor.

— E de mim, anjo?

— Gostando um pouquinho. O sargento, sabe, teve coragem de dizer? Devia esconder meus dotes físicos.

— Ah, sargento desgraçado. Quer só para ele.

— Os homens todos iguais.

— Menos eu.

— Sofrido muito. A luta não é pouca. Faço o prato, vou comer no quarto. Deito muito cansada. Nem tempo de sonhar. Domingo o dia mais triste. Ando meio perdida.

— Carece de meiguice e compreensão. Sou a sua alma irmã, anjo.

— Queria que fosse um pai para mim.

— Pai, não. Sou homem inteiro.

— Medo que o senhor me decepcione. Homem só quer uma coisa. Fico triste quando penso na sua mulher e filhos.

— Não fique tristinha, anjo. Quem fez este narizinho?

Logo derretida, a mãozinha úmida.

— É uma falsa magra.

— Magra eu sou. Por que falsa?

— Os seios como são durinhos.

Pálpebra baixa, lisonjeada, em busca de migalha na saia xadrez.

— Não queira se fazer de santa. Você é uma heroína! Que diabo de mão não para quieta. Por que resiste, anjo?

Perdeu-se nos olhos castanhos sem fundo, a sua imagem lastimosa ali a fazer caretas.

— Quando furou a orelha?

— Era menina.

— Dar uma mordida no furinho do brinco. É virgem, anjo?

— Isso não respondo. Que tanto quer saber? O doutor é feliz com sua esposa?

— Sou bem casado.

— Como é que gosta dela e de mim? Não pode dar certo.

As palavras entrecortadas de beijos.

— Quero o senhor só para mim. Todos os dias.

— Saudade do viúvo?

— Tinha nojo.

— Ué, por quê?

— Muito relaxado. Brilhantina no cabelo, depois me alisava o rosto com dedo gorduroso. Um porcalhão.

As mãos pelejando ainda com o maldito vestido:

— Deixe, meu anjo. Não quero nada.

Ela abriu um botão da camisa, afastou a gravata, abriu o segundo botão, correu a unha nos cabelos do peito.

— Só adorar você. Em troca me dará o quê?

— Sei o que o senhor... — e pigarreou aflita.

— É de nervosa?

— Estive resfriada. Muito difícil a vida na família. Eu... quero... sair de casa.

— Bem o que eu disse: falsa magra.

Debatia-se enredada por duas mãos e mais uma.

— Três pintinhas no rosto (afastou a blusa, surpreendeu uma nesga de busto). No corpo tem alguma pintinha? As do rosto eu conheço: uma, duas, três (e um beijinho em cada uma).

Batalhou para erguê-la nos braços, mais gorda que as suas forças. Ela chegou a achar graça. Abriu a bolsa, retocou o lábio.

— Ainda não, anjo. Quero mais. Só mais um.

De tanto beijo e suspiro até pálida, ela que era morena.

— O doutor está louco?

Não tinha mais o que beijar — e por último o cotovelo.

— Fale, doutor. Não pare. Gosto que fale.

— Desde quando, anjo, gosta de mim?

— Lá vêm as frases de doutor... Desde o primeiro dia.

— Sei até a blusa que usou. Era amarela, anjo?

— Blusa amarela não tenho.

— O que sente por mim é amor?

— Uma grande simpatia.

Encarou-o nos olhos:

— O doutor é bonitinho.

— Então responda: é virgem?

— Pergunta muito íntima.
— No meu ouvido, anjo.
Em vez de dizer, três beijinhos no pescoço.
— Gosta de carinho, anjo? — e, olho aceso, fungou-lhe na nuca.
— O doutor está abusando. Não gosto que fale assim. Não quero homem só para isso. Prefiro conversar e passear de mão dada. O senhor ainda ama a sua esposa?
— Não me trate de senhor.
— Mas eu o respeito.
— Nós temos intimidade — e a mão esquecida na covinha do joelho redondo.
— Para mim é o doutor João.
— Cochichar nome feio. Ai, meu anjo, morda o beicinho... Morro quando morde o beicinho.
Agarrou-a com vinte e um dedos.
— Ai, o senhor ficou antipático. Horror de carinho em escritório. Enjoada de sofá.
— Prometo me comportar. Seja boazinha. Venha cá, anjo — e sentou-se na cadeira, ela no colo, segredou na orelha esquerda.
Ergueu-se, ofendida.

— Se o senhor repete, eu vou embora.

Emburrada, o dedinho na boca, roendo a cutícula que, em vez de cuspir, engolia.

— Medo de gostar do senhor. Deus me livre minha mãe saiba. Pensa que sou santa.

A mão debaixo da blusa preta, abriu o sutiã e, sem protesto, ergueu a blusa, empolgou os seios na maior aflição:

— Que maravilha... Ó perfeição! Mais um pouco. Só um pouquinho.

— Um sonho o doutor falando.

— Me chame de você.

— Não posso. Ai, não morda.

Toda em sossego, alisava-lhe sonhadora o cabelo.

— Escute, anjo. Os dois nuzinhos. Eu me sento na cadeira. E você no meu colo.

Indócil fugiu do abraço.

— Volte aqui.

— O senhor é casado.

— E o sargento? E o viúvo?

De pé era menor que ela: embora galã, pequenininho. Sentou-se mais que depressa.

— Acho vulgar o comércio de beijos. Preciso é de meiguice. Devia ter fugido com meu viúvo. Estou perdendo tanta coisa do mundo. Tanto lugar para ir, tanta gente interessante. E aqui nos braços de homem casado, no sofá vermelho de um escritório.

— O presentinho na sua bolsa.

— Que seria de mim sem o doutor? Minha mãe não gosta de mim. Papai acha que sou pobre coitada.

— Ficou arisca com a cadeira?

— Até gostei. O doutor fale mais.

— Minha mulher não me compreende. Vamos para a cadeira. Fale você. Quero que você fale, anjo. Eu me entrego e você se entrega. Diga comigo: Ai, que bom... Vamos para a cadeira.

Nem "Ai, que bom", a desgranida.

— Muito arrependida, doutor. Não devia ter vindo. Uma fraqueza minha. Nunca mais acontece.

— Me beije. Só uma vez.

— Não me deixe ser fraca, doutor.

— Eu adoro você, anjo. Vontade de fazer não sei o quê.

— Tudo, meu bem. Faça tudo.

— Sua cadela mais querida. É a minha perdição, anjo.

O Crime Perfeito

ONZE DA NOITE, João deu com a luz na varanda — sinal de que a cunhada não chegara. A criada já recolhida, o próprio André atendeu à porta.

— Ah, é você? Vamos para a cozinha — como sempre a esfregar as mãos geladas. — Lá é mais quente.

— Passava por aqui e vi a luz.

Na cozinha de azulejo branco, André voltou-se e o outro observou com susto a cara desfigurada, rugas azuis, olho direito manchado de sangue.

— Preparando o mingau. A bendita úlcera.

João abateu-se na cadeira: cansado sim, um velho não, menos ainda vencido.

— A Rosa não está?

— Foi a uma festinha.

André despejou o mingau da caçarola no prato. Ao outro evocava um pugilista massacrado no canto do ringue, agarrando-se às cordas, a face uma posta sangrenta, olho cego, sem entender a contagem do juiz.

Entre os dois a papa fumegante na mesa nua. André polvilhou-a com pitada de canela.

— Com uma sede... Tem bebida?

— Só água. Você conhece a Rosa, as regras da casa.

Esgar na dentadura alvacenta era o sorriso de André, que acendeu cigarro, puxou uma tragada, guardou o fósforo de volta na caixa — ai dele se violasse as regras. Contraiu-se de repente, o lutador que recebe golpe desleal e, três dedos tateando o quarto botão da camisa, bem quieto.

— O vermelhão desta mesa — suspirou fundo e a palma da mão esquerda enxugou o suor frio da testa — me atinge no estômago.

— Prefiro o meu sem filtro — e João despediu o fósforo com piparote. — Ia sair?

— Por quê?

— De gravata.

— Cochilei sem querer na poltrona.

Foi à pia, apagou o cigarro na torneira, desfiou-o no ralo — aos sessenta anos, ainda fumava escondido.

Sede feroz, não de água, ressecava a língua de João. Bocejou, espreguiçou-se, hora de falar.

— O caçula pede licença para uma palavrinha.

O irmão ergueu a cara sofrida, olho piscante aos vapores do mingau — o silêncio bem mais piedoso.

— Que foi isso no olho?

— Acho que li demais. Já pinguei umas gotas.

— Sabe o que é, meu velho? Derrame de fundo de olho. A sua cabeça deve estar estourando. Tudo o que faz é pingar umas gotas. Quanto de pressão?

— Vinte e três.

— Acha pouco? Que disse o médico?

— Não consultei. Para quê?

— Ah, fosse da Rosa esse olho vermelho... Pensa que estaria tomando mingau? Bem louco atrás de socorro para a sua preciosa cadela.

Colher no ar, quedou-se a olhá-lo, sem espanto nem protesto.

— Quando cheguei à sua situação, arrumei a mala, saí de casa. Deixei atrás mulher e filho. Minha própria família me condenou: coitada da Cidinha. Não se desculpe, meu velho. Sei que não... Ela, a sua preciosa Rosa, uma das que choraram a Cidinha — a vítima do monstro, a mártir, a santíssima senhora. Mais difícil decisão na vida de um homem: abandonar casa, mulher e filho. Dou graças pela minha loucura. Mãos bem alto: Aleluia, aleluia! Não me livrasse desse flagelo dos maridos, estava igual a você — o mingau solitário na cozinha. Quem sabe pior — você úlcera e eu (três batidas na mesa) cirrose. O inferno que sofri me dá o direito de falar. Esse grito vinte anos afogado na boca. O que faria se fosse você? Com a Rosa o que fiz com a Cidinha: uma é mais cadela do que a outra...

Impávido, André fixava o irmão, colher no prato — não fosse a mão trêmula, diria que nem o escutava.

— Quando chegasse da festinha eu a receberia aos berros. Libertava a fúria reprimida uma vida inteira, soprando a fumaça do cigarro na cara pintada de rugas. Apanhava o revólver em cima do guarda-roupa — dois tiros para o ar. Depois arrumava a mala e ia para o hotel. Podia rastejar, chorar lágrima de sangue, lente de contato, cílio postiço. Oferecer-se nua a meus pés. Sabe o quê? Ia viver em paz os últimos anos da minha vida.

Ao cricrido no canteiro das malvas respondeu lá na rua o riso canalha de uma vagabunda e, no prato, retinia de leve a colher. João desviou os olhos: era verdade ou exagerava o papel? Um alívio se André o interrompesse: *Espere aí, seu moleque. Quem é você para falar? Ela não é o que pensa.* Em vez de protestar, André levou uma colherada à boca.

— O que é para ela? Simples máquina de dinheiro. Nunca que um homem. Só sabe pedir: carro novo, joia, casaco de pele. Me desculpe, você não é o marido. Sabe o quê? O coronel de uma grande vigarista. Nem lhe dá nada em troca. Não sei quanta noite dorme no sofá da sala. Além de vender o corpo, negou-lhe o filho. Não estragar a cintura, não deformar o seio. Tudo é parte de um plano.

Pálpebra sacudida de tremores, não abriu o olho vermelho.

— O crime perfeito, meu velho. Só um campeão de nado de peito para resistir a esse massacre. Pelo cálculo dela, já devia ter morrido. Pensa que não sei, que ninguém sabe? Não o deixa comer em sossego. Quando senta à mesa é para ser agredido. Não o deixa dormir em paz — deita na cama é para ser crucificado. Olhe a sua mão — não para de tremer.

André largou a colher no prato. João seguia no azulejo a corrida tonta de uma barata.

— Uma úlcera é pouco. Seu nó cego nas tripas, meu velho, tem o nome de Rosa. Lembra-se da gloriosa cabeleira de cantor de tango? São esses ralos cabelos brancos? Cada noite de insônia um fio perdido. Arrancou-lhe fio por fio a negra juba, mais esperta que Dalila. Então não vê? Ela cometeu o crime perfeito. Há um cadáver, há um assassino, ninguém pode chamar a polícia. Impune a bandida para sempre. Me revolta é que você não reage. Prestou-se ao jogo. Destruído, esquartejado, não grita por socorro.

O irmão apanhou de novo a colher.

— A menos que não seja crime e sim suicídio. Só queria que, antes do fim, soubesse que não está sozinho.

André olhou a furto o relógio de pulso: ao primeiro toque da buzina deveria abrir o portão.

— Não se aflija — e João ergueu-se da cadeira.

O outro raspou o fundo do prato, lambeu a colher:

— Que tal um cafezinho?

— É tarde. Se não chego a patroa não dorme.

Tão cansado, também arrastava os pés. Na soleira, a mão no ombro de André:

— De pescoço fino, meu velho — e sacudiu-se na gargalhada nervosa, que lhe umedeceu o olho.

— Você não tem salvação.

— Nenhum dos dois! — um soluço a voz rouca.

Bateu-lhe no ombro — onde o músculo do campeão na pobre asa de pássaro? Sem lhe apertar a mão, descia os degraus, outra vez André falou:

— Meu abraço na Maria.

No instante em que João fechou a porta, acendeu-se a luz do quarto. A segunda mulher, Maria, sentada na cama:

— São horas, hein? Onde é que andou até agora? Não podia avisar que chegava tarde?

— Ai, minha filha, se você soubesse. Com uma dor de cabeça.

— Gosta de se queixar. Pensa que não o conheço? Você andou bebendo. Mal pode ficar de pé.

Suspendeu o passo a meio caminho do banheiro, ali na nuca o maldito olho que tudo vê.

— Não posso contar com você para nada. É o último dos maridos. No conceito de minhas amigas, sou uma vítima. Uma verdadeira mártir eu sou.

Outra das mil e uma noites de discussão, insônia, ranger de dentes.

— Olhe para você, ó bêbado mais infeliz.

O Monstro de Gravata Vermelha

TRÊS AMIGOS DE INFÂNCIA: João, José e Maria. José, apelidado de Gordo, sócio de João na oficina de borracheiro, casou com Maria.

João dormia na oficina e comia na casa do amigo. Logo descobriu que o casal não vivia bem. Maria perdeu o gosto de se enfeitar: andava de chinelo, a barra da saia à mostra, olheira de tristeza. Dela gostava sem malícia e tinha pena do Gordo, desajeitado no macacão, a manzorra negra de graxa.

À noite, depois do chuveiro, a delícia do Gordo era usar a gravata vermelha do amigo. Comia às pressas e, com uma desculpa, deixava a moça e João sozinhos.

João cuidou de respeitar a mocinha. Ia ao encontro do Gordo no bar e, por insistência do outro, de lá à zona de mulheres, onde bebiam cerveja preta. Como podia trocar a mulherinha querida por um salão infame de bordel? Na boca beijava a dona mais sórdida.

— Não sei o que viu naquela magra — protestou João.

— Eu é que sei — e o Gordo piscava o olho bêbado.

Duas vezes por mês, João viajava a serviço para Curitiba. A pedido do amigo, levou consigo Maria, que tratava dos dentes. Noite de inverno, quebrou-se uma roda do carro; ele passou para o banco de trás e deixou-a na frente. O frio medonho. À uma da manhã, não conseguiam dormir, ligou o motor para se aquecerem.

— O remédio é a gente se aconchegar — sugeriu a moça.

João contou uma história antiga e não se aconchegou. Havia um boteco próximo, ele comprou vinho de laranja. Passaram a noite conversando e bebericando o vinho. Maria insinuou que o Gordo era doente. Mal rompeu o dia, João consertou a roda e disparou para casa.

Maria desceu na porta dos fundos, ele guardou o carro na oficina. Enfiou o macacão, abriu a janela, quem deitado muito feliz na sua cama?

— Aí, bichão. São horas de voltar...

Estranho que, sem raiva nenhuma, o Gordo sorria no dente de ouro. João deu explicações que o marido aceitou de boa sombra.

Continuou a viajar com a moça. Noite de chuva, ao chegarem de ônibus, João saltou na oficina e ela, atravessando a estrada, foi para o bangalô de madeira. Daí a pouco, surgiu aflita: a casa toda fechada.

— Isso não é nada — e, com uma alavanca, João arrombou a porta da cozinha.

Acenderam um lampiãozinho: o Gordo havia sumido com a mala de roupa. Maria choramingou de ficar sozinha.

— Eu deito no sofá para não ter medo.

E dormiram, cada um ao seu canto, ela muito dolorosa, ferida de ais — com o atraso do ônibus, o Gordo imaginou a fuga dos dois?

João levantou-se às cinco da manhã, sem ser visto pelos vizinhos. Aborrecida de estar só, Maria foi à oficina com uma revista. Cansada de ler, perguntou se não diria a ninguém e, como ele quisesse saber o que era, respondeu que uma coisa boa. Tendo João prometido, ela falou que podia erguer-lhe o vestido — mas não o fez.

Segunda noite, que fosse outra vez dormir na casa — tinha medo dos soldados. Bonachão como era, quis deitar-se no sofá.

— Venha na cama comigo.

Mais de raiva ele foi: parecia ter culpa, era inocente. Dormiram cinco noites na cama de casal: ele dormiu mal. Maria só queria se aconchegar. Muito sofrera com o Gordo, que não servia como homem.

João estava contrariado, o Gordo não voltava. Saía bem cedinho para a oficina. Achou melhor devolver a moça aos pais. Ela propôs que fugissem para longe.

— Sou solteiro, você é casada. Não vai dar certo.

Conduziu-a de carro para a casa dos velhos. Toda chorosa, sugeriu segunda vez fizessem vida juntos.

— É a mulher do Gordo. Fosse de outro era diferente.

Mais tarde apareceu o amigo na cidade. Estudaram-se de longe, ressabiados. À noite, o Gordo encostou-se à porta da oficina, elegante na gravata vermelha:

— Que tal uma farra na zona?

Nem uma palavra sobre Maria. Na casa de mulheres, beberam cerveja preta e, bêbados, dançaram tango com passinho floreado — cada um foi para o quarto com sua dona. À saída, João abordou no corredor a companheira do outro:

— Gostou do Gordo?

— Bebeu demais, o pobre.

Sentaram-se à mesa cheia de garrafas. João acendeu cigarro, puxou uma tragada, descansou-o no cinzeiro. Ao estender a mão, não o encontrou: o Gordo fumava o seu cigarro, a cara risonha de fumaça azul.

— Que fim levou a moça?

— Que moça?

— Sua namorada. Não pense que estou ligando. Queria me livrar dela.

E tragava deliciado o cigarro assim fosse dele.

— Porque não presta na cama.

Agredido pelo Gordo, possesso. Logo apartados, sangrentos de golpes. Arquejantes, punhos feridos, encaravam-se no silêncio do salão: um com ódio, outro com amor.

Agonias de Virgem

Dia 5 de maio ela casou com João e desde esse dia não teve sossego. Ele não lhe dava descanso, a ponto de Maria fechar-se no banheiro. Batia na porta, contava um, dois, três e impunha o seu capricho de homem.

Assim até o dia 8, depois de fazer três vezes amor, a procurou mais uma vez. No fim das forças, a moça o repeliu, o que bastou para ser expulsa da cama, constrangida a dormir no chão o resto da noite.

De manhã pediu para ir à missa. João respondeu que não era dona do seu corpo. Ao voltar, qual não foi a surpresa ao receber dois bofetões, um de cada lado do rosto. João anunciou que não tinha sofrido, iria ver o que eram penas de dona casada. Passou a espancá-la e a batê-la contra a parede. Depois a atropelou para a casa dos pais.

João a procurava o tempo todo. Sempre desinteressada pretendia estar doente, ora alegava medo, logo inexperiência e, enfim, pouca idade, ainda saudosa da mãe. Em crise de loucura, ele atirou-lhe o despertador na testa — o lindo rosto lavado na sangueira.

Maria descurava da casa, nem duas vezes remexeu o viradinho com torresmo. Dia 15, ao chegar do emprego, pediu que ela requentasse o café. De ruindade, a moça esbarrou no bule e o derramou inteiro na mesa. Em seguida bateu a porta, saiu para a rua.

João procurou viver em paz, não tinha jeito, ela não concordava com nada. Se dizia a menor palavra, pronto o abandonava: o seu quarto na casa dos pais sempre arrumado. Nove dias não espanou os móveis, não acendia o fogo, a camisa dele a velha mãe que lavava. Xingava-o de tarado, sovina, vagabundo:

— Se não satisfeito, procure outra.

Sofria acesso de choro, negava-se a qualquer contato com o pobre rapaz.

— Arrume uma dona que pregue o botão da cueca.

Fugia de quem lhe deixava no corpo a marca do carinho selvagem. Não queria nem à força, olhos no céu que a deixasse em paz.

Separaram-se duas ou três vezes, depois se reconciliaram. Só porque ela reclamou, agredida a pontapé, com as dores chegou a desmaiar. Nem bem ele se distraiu, escapou de volta aos pais. Além do gênio violento, João faltava muito ao emprego, não pagava o aluguel para o sogro.

Sábado ele cobriu a moça de beijos, cochichou que sentasse no seu joelho. Interpretando mal o convite, acertou-lhe na orelha com o cabo da vassoura. Ele deu-lhe dois tapas, assim acabou a brincadeira.

De manhã João tomava café. Suspirosa voltou e, da porta, como quem pede perdão, atirou uma batata-doce, que lhe atingiu o olho direito. Daí arrastou-a para o quarto, muito ela se arrependeu: na fúria amorosa chegou a morder o seio.

Sem falar das discussões porque Maria andava de calça comprida, entrava no boteco para comprar cigarro, permitia que a cachorrinha deitasse na cama, esquecia a toalha fora do cabide, afirmava na presença do sogro que a sua casa era um barraco, os brincos e teteias não passavam de bugiganga, só negro gosta de virado com torresmo.

A pior inimiga (o arranhão no pescoço não era de sua unha venenosa?), cheia de agrado com a cachorrinha que, além de trazer no colo, chegava a beijar no focinho, apenas com a intenção de diminuir o marido.

João entrou embriagado em casa:

— O que está vendo com esse olho ruim?

E arremessou a cadelinha ganindo pela janela. Tão furioso que bateu na moça, era a própria Sexta-Feira da Paixão.

— Eu surrei, mas não dei com força.

— Puxa, se não foi com força!

— Tanto não dei que o dente caiu porque era postiço.

Ela se debateu aos berros, com ele não pôde.

— Conhece, mocinha, quem é o rei da casa?

— João, meu amor. Como é forte!

— Do que você gosta, Maria, é de apanhar.

Ela nunca mais fugiu de casa. Agora os dois na maior harmonia.

A Normalista

Na rua deserta, João voltou sobre os passos, apertou duas vezes a campainha. Uma fresta na porta, por onde o espreitou a negra desdentada.

— Conhecido da Dinorá.

Ligeiro subiu o degrau, enfiou pelo corredor escuro. Sentada na cama, de mão no queixo, gemia suas aflições de amor a velha cafetina.

— Como vai, dona Dina?

Entorpecida, o cálice do licor de ovo no dedo gorducho, agitou-se com retinir de bracelete:

— Ai, meu bem, tão amolada. Candinho muito me judia.

Sobre a cabeceira, a imagem colorida da santa e, ali na cômoda, a manada de elefantes vermelhos do bem grande ao mais pequeno, trombas na parede — o talismã contra as sete pragas da mãe de família.

— Alguma dona nova?

— Esse loiro tem sorte... — e sorria a imaculada dentadura. — Uma bem novinha. Primeira casa que frequenta. Diz que normalista.

No fim do corredor o quadro de São Jorge, risos fagueiros, uma gargalhada escandalosa. De nada serviu pisar em surdina, bastou abrir a porta para que todas olhassem: em cadeiras alinhadas na parede, voltaram-se para ele, no súbito silêncio, seis ou sete moças, todas de perna cruzada, todas de cigarro na boca. Sem cumprimentar, o rosto em fogo, sentou-se no fundo; cruzou também a perna e acendeu cigarro — a mão tremia só um pouquinho. Não reconheceu uma das mulheres, decerto a normalista. Foi ela que, dirigindo-se às outras, rematou a sua história:

— Não me canse a beleza, velhinho — então eu disse —, a minha boca é para beijar meu filho.

Na sala a morrinha de perfume barato e mil cigarros apagados. Enquanto ele a ouvia, muito interessado, cada uma, sem deixar de falar com a outra, encarava-o por sua vez e, sorridentes, lhe deram sinal com os olhos, duas com a língua. Enfim a professora, mais próxima, voltou-se para ele:

— Oferece um cigarro, bem?

Apagou-lhe o fósforo na mão, sorveu uma baforada, soprou a fumaça no rosto:

— Tão loirinho... Lembra o meu noivo. Qual é sua graça, bem?

— José Paulo — com o pigarro da mentira na voz rouca. — E a sua?

— Mariinha — e titilando por entre os dentes amarelos a pontinha sangrenta. — Gosta de normalista?

Em resposta ele enxugou no bolso a mão fria.

— Que tal um segredinho? — e olhou o relógio sobre a cristaleira. — Estou bem louca.

Enfiou-lhe a mão no braço e, sob o olhar indiferente, invejoso ou divertido das outras, saíram para o corredor. Ela abriu uma porta e acendeu a luz:

— Tire a roupa, meu bem — e apanhando o jarro esmaltado no tripé com a bacia. — Já volto.

O mesmo sinistro quartinho cor-de-rosa de toda casa de mulheres. Na parede santinhos espetados com alfinete entre nomes de homem, números de telefone, palavrões mal soletrados. Na penteadeira, outra vez, os elefantes vermelhos de tromba escondida e uma pilha de cadernos escolares, com redações sobre *A Primavera* ou *Um Dia de Chuva* — datados dez anos atrás.

— Os cadernos de meus alunos — de volta com o jarro.

Blusa branca e saia azul, observou-a pelo espelho embaçado da penteadeira, ali no canto um coração rabiscado em batom:

— E por quê?

— Faço a vida? Nem queira saber, meu bem. Tão triste.

Retirou-lhe o caderno da mão, abriu o paletó, insinuou debaixo da camisa os dedos úmidos:

— Sabe que gostei de você? Igualzinho meu noivo. Me fez mal, não quis casar. Meu pai me tocou de casa. Não sou como as outras. Só vou com quem eu gosto. Ai, não me despenteie. Melhor tire a roupa. Não me dá o presentinho?

João estendeu o dinheiro que, recontado, ela guardou na bolsa. Mais que depressa inteirinha nua: dois morcegos murchos de negros bicos.

— Mãezinha do céu, ele tem vergonha. Veja que mão fina... Nervoso, benzinho? Não tenha medo. Muito sabidinha. Como é branquinho — todo arrepiado. Que apague a luz? Seja bobo, luz acesa que é bom.

De pé na cama torceu a lâmpada, roscas de gordura na coxa bem grossa. Alumiou o abajur encarnado na penteadeira. Vasculhou os cadernos, exibiu o retrato do velho calvo, óculo, bigode grisalho.

— Quem é? Leia a dedicatória: *À minha gatinha, do seu bichaninho.* É segredo, para você eu conto. O meu coronel. Quer casar comigo, o velho idiota. Um porcalhão, seis dedos no pé. Credo, disparou o teu coração... Ligeiro que se você demora a negra bate na porta. Lembra o meu noivo, jeito de safadinho. Do que você gosta? Com você faço tudo — e, mais que ele se defendesse, mordiscava a orelha, babujou todo o rosto.

*

Imundo de corpo e alma, João avançou pelo corredor. Antes casar do que envolver-se com vigarista — a mão direita cheirava a água podre na jarra de copos-de-leite.

Na saleta, o pai lia o jornal, óculo na ponta do nariz, a barriga obscena de rei da casa:

— Aqui à sua espera, meu filho. Não quer sentar? Ando preocupado...

Uma careta da dentadura maior que a boca — sentia no outro lado da mesa a catinga das sete mulheres?

— Por que cheguei tarde?

— Comigo estou preocupado. Sofro demais a falta de sua mãe. Cada vez que abro o guarda-roupa e dou com os vestidos.

Tinha pelos vestidos a consideração que à dona jamais dispensara.

— Não sou homem de chorar. Mais de uma vez... Pouco temos conversado depois que sua mãe. Quem sabe você me censura. A morte é para todos.

Fordeco resfolegante na ladeira, sacudia a perna sob a toalha xadrez: a rosa branca a desfolhar-se ali no vaso não esquece as pétalas perdidas?

— Você quando casar me dará razão — o que eu quero dizer. Sua mãe era uma santa. Mas nunca me compreendeu.

Bom sovina, a alegria de menos uma boca.

— Me acho muito só. Preciso de quem faça companhia. Me sinto na força do homem.

Ergueu a cara devastada de imperador decrépito: ainda sugava a sambiquira na boca sem dente, ainda era um fenômeno com seis dedos no pé e, toda manhã, ainda assoava-se na janela ouvido do outro lado da rua.

— Não posso me expor a vexame em casa suspeita. Conheci moça direita, muito prendada. Se não tem objeção eu... de modo que eu... casar outra vez.

— Não, senhor — o filho abateu-se na cadeira, olho piscante, beicinho trêmulo.

— É professora. Chama-se Mariinha. Quer muito conhecê-lo.

E, retirando-a de baixo do jornal, o pai triunfante apresentou-lhe a foto colorida.

Arte da Solidão

Ele está cansado, quase meia-noite, pode afinal voltar para casa. No beco o eterno casal à sombra do muro. O mesmo cachorro, focinho enterrado na lata de lixo. Sob as árvores, ao menor arrepio do vento, gotas borrifam-lhe o rosto, que não se incomoda de enxugar.

No portão o cachorrinho late duas vezes — aqui estou, meu velho — e, por mais que saltite, procurando alcançar-lhe a mão, não o agrada. Afasta-o com o pé, abre a porta, devagarinho pelo corredor. Aquela noite sem sorte: uma luz ainda no quarto.

Em surdina desvia-se do aquário sobre o piano: o peixinho dourado conhece os seus passos, de puro exibicionista entregue às mais loucas evoluções.

Respira fundo e, cabisbaixo, entra no quarto. A mulher, sentada na cama, folheia uma revista (a mesma revista antiga), olha para ele, mas ele não a olha.

No banheiro veste o pijama e, ao lavar as mãos, recolhe da pia os longos cabelos alheios. Escova os dentes, a gengiva sangra.

— Ai, como é triste a velhice... — confessa para o espelho, palavras que não dizem nada.

Aperta as torneiras da pia, do chuveiro, do bidê — se uma delas pinga já não pode dormir.

De passagem, apanha o livro em cima do guarda-roupa — ele a olhou de relance, ela não o olhou — e, na sala, acende a lâmpada ao lado da poltrona. Descalço, sobe na cadeira, com a chave dá corda no relógio. Entra na cozinha, pretende não ver a mesma barata na sua corrida tonta. Deita um jarro d'água no filtro e bebe meio copo, que enxuga no pano e põe de volta no armário.

Detém-se diante do quarto da filha — a porta aberta, mas não entra. Esboça um aceno, presto encolhe a mão. Mais que afine o ouvido não escuta o bafejo da criança — e se deixou de respirar?

Luta contra o pânico, deixa-se cair na poltrona, a luz amarela do abajur aquece-lhe a face esquerda. Abre o livro, concentra-se na leitura: frases sem nenhum sentido.

Na casa silenciosa, apenas o volteio das folhas lá no quarto, às suas costas o peixinho estala o bico. Por vezes derruba o livro no joelho — não se apagando a luz no quarto, não se deita.

Nunca mais ela perguntou: *Você não vem?* Nem ele respondeu: Já vou — sem se mexer do seu cantinho. Uma noite por outra, certo, ela assoa o nariz — seria que disfarça as lágrimas? Não ela, para quem a noite é sem problema, palavra que, com irritação dele, pronuncia sem o erre. Para não se comover, espia ora a fruteira sobre a mesa (uvas e peras berrantes de cera), ora o quadro torto na parede (o medonho galo verde).

Está salvo desde que ignore o quarto da filha; ergue a pálpebra pesada de sono, lê algumas linhas, já não treme o canto da boca. A pesada pálpebra não o engana: assim que recoste a cabeça no travesseiro, eis os passos furtivos do sono ao longe.

Extingue-se a outra luz, e quinze minutos passados, arrastando o pé no tapete, recolhe-se ao quarto. Acende a lâmpada do criado-mudo, cautela infinita em não encarar a mulher que, voltada para o seu lado, pode estar com um olho aberto ou, quem sabe, até sorriso no lábio. Despe o roupão, fecha a lâmpada, estende-se na cama, radiante por não a ter olhado.

Uma grande demora até que clarinem as primeiras buzinas — os galos da cidade. Não tem esperança de dormir e revolve as memórias de infância assim a cozinheira sobre a chama azul do álcool o frango de pescoço quebrado. Prepara-se para a casa deserta e, ao abrir a porta, assobiará duas notas, uma breve, outra longa: aqui estou, alma irmã, a baratinha no canto escuro.

Nenhum sopro no quarto da filha — se deixou de respirar, ninguém para acudi-la?

A mulher agita-se — *Ai, meu Deus* —, afasta as cobertas, ele escuta lá no banheiro o jorro poderoso da urina. Longe vai a manhã, resta o consolo de que, ao saltar do leito, esquece entre os lençóis o fantasma noturno.

De novo ela ressona tranquila; cuidoso de não ranger o colchão, volta-se para o outro lado. Pouco importa se nunca mais dormir. Afinal você não pode ter tudo.

A Noiva do Diabo

— Cansei de manter as aparências, padrinho. Agora eu conto. Há cinco anos sofrendo. Não acho mais graça no João.

— Quis matar a Maria — aparteou a velha Eponina.

— Todo mundo gosta de mim. O padrinho achou uma pena eu ter casado.

— Ele passou duas noites fora de casa, não foi, Maria?

— Deixe que eu conto, mãe. Não posso continuar assim. Sabe o padrinho o que é cidade pequena. Mulher esquecida pelo marido é tentada em cada esquina.

— *Até o seu padrinho não sai da nossa rua* — foi o que ele disse.

— Mãe, por favor.

— Quase afogou a Maria na banheira.

— Por força quer me ver nua. Fui educada em colégio de freira, até no banho não tirava a camisola.

— Com sessenta anos, o meu velho nunca me viu sem roupa.

— Primeira vez que me bateu, grávida de quatro meses. Segunda vez para não morrer eu o arranhei...

— Tem a marca no rosto até hoje.

— Também a senhora, puxa! Tarde da noite chegou bêbado. Sentada na cama, de luz acesa. João disse que preferia o sofá. Mudou de ideia: *Quem vai dormir na sala é você.* Não vou, aqui o meu quarto. *Maria, não quer fugir com o doutor?* Sabe, João, o doutor está bem de vida. Eu o insultara na honra de homem e me agarrou o pescoço.

— Tire o óculo, minha filha. Dois dias ficou cega.

— O que o bandido me fez, padrinho.

— Se não acudo, esganava a Maria.

— Aos gritos abri a janela: Mãezinha, o João me mata!

— Saí de camisola, o meu homem bradou: *Olhe o roupão, velha louca.*

— Quando a mãe bateu na porta, João largou meu pescoço, no maior cinismo.

— Daí ela perdeu os sentidos, doutor. Um custo para voltar. O que você fez para minha filha, assassino? *Não me conformo em apanhar de mulher* — foi o que respondeu. *Dei nela, e dei muito.* Agitado, andava pelo quarto: *Estou vendo meu avô... O avô está aí.*

— Tinha adoração pelo avô. Um velho prepotente. Quer se exibir: *Sou aventureiro como meu avô.* O velho recolhia a amante na própria casa. Ele morreu e a viúva, coitada, o odeia até hoje. *Não queira saber, Maria* — o que a pobre me diz —, *como ele me judiou.*

— Com a morte do avô, doutor, o rapaz se arruinou. O pai asmático, a mãe não sai do espelho — foi moça bonita.

— Ela pensa que foi. De mim sabe o que ele disse? *Você, Maria, de todas a mais bonita, é a mais vulgar.* Que estive na janela — eu a noiva do diabo — de namoro com o doutor.

— *Dona Eponina é a maior das bruxas*, assim que me trata.

— Ah, é, João? Você que é igual a sua mãe. Só pensa em você.

— Conte, minha filha, o que disse o anjinho.

— Quando ele me bateu, a menina acordou. Com três aninhos, a inocente.

— O que o anjinho me disse, doutor? *O pai tirou sangue da mãe. E a mãe ficou morta.*

— Pergunte ao pai — eu falei para a coitadinha — se arranjou outra mãe para você.

— Maria recebeu carta anônima: a outra é a mulher do farmacêutico.

— Não fosse tão feia eu ainda acreditava. Sabe o que João me falou, padrinho? *No escuro a mulher é uma só. Debaixo do lençol não há bonita nem feia. Única diferença entre você e a última das negras é que você dorme comigo.* Acha que é justo, padrinho? De olho preto, expliquei o caso à dona Zezé, que é viúva. Daí ela comentou: *Eu já sabia, Maria. Desde o seu primeiro dia de noiva.*

— Não foram duas noites que passou fora, doutor. Bem que três ou quatro.

— Mãe, por favor. Quer esperar lá em casa? Uma palavra ao meu padrinho.

— Passe bem, dona Eponina.

— Todo mundo gosta de mim. Costuro, faço flor de pano, toco piano. Tenho as minhas prendas.

— Maria, de todas a mais bonita.

— Agora que estamos sós, padrinho. Os homens olham para mim. Até carta de amor eu recebo. O doutor eu sei que não me esqueceu. Então por que, padrinho? Todos acham uma pena ser casada com o João. Por que só ele não me entende? Tiro a combinação, padrinho?

— Tudo, Maria. Quero toda nua.

Idílio Campestre

Duas da tarde, a menina e os irmãos pescavam no riozinho. Logo aparecia o homem. Chegou-se e, sem olhar para ela, perguntou se era bom de peixe. Convidou os meninos para ver uns lambaris de rabo vermelho.

Dois meninos foram com ele. Ficaram ela e o menor. Tinha medo do homem, malvestido e descalço. Chamou os irmãos e, única resposta, uma rã mergulhou na água em sossego.

Os dois meninos não vinham e quem surgiu foi o homem. Escondeu-se com o irmãozinho na touceira. João passou olhando dos lados. O irmão que corresse para casa sem olhar para trás. Daí ela voltou, os meninos tinham ido por outro caminho — uma lata de minhoca esquecida na margem.

Deu com o homem ao seu lado. Ele veio, pegou-lhe na mão, se queria brincar. A menina disse nada.

Perguntou segunda vez. Maria respondeu que tinha vergonha.

Livrou-se da mão grudenta de lambari e correu para a várzea. Ele correu atrás. Numa cerca, o vestidinho preso no arame, não era o homem ali no carreiro? Com força rasgou um pedaço, lá ficou pendente, estragado o lindo vestido de florinha.

Correu na direção de uma casa e, mais de um atalho, perdeu-se no mato. Pensou que estava livre, foi ao encontro de João, que se levantou de trás do cupim:

— Agora vai comigo.

Cansada de fugir, o coração saltava no peito, rã assustada na água. Correu mais uma vez, tropeçando na moita. Ao cruzar um banhado caiu, pronto se ergueu. Era tarde, foi alcançada. Quis gritar, com a mão tapou-lhe a boca, derrubou-a na grama:

— Menina, é o teu dia.

Ele a agarrou, derrubou, nela se deitou. A menina chorou, gritou, chamou o nome de Deus. Ele apertava a garganta, deixando-a sem ar. Rasgou-lhe o vestido, de tanta dor ficou cega.

Acordou com os brados na estrada, o homem abotoava-se mesmo sentado:

— Menina, como está pálida.

Perguntou se lhe fizera mal e, sem poder falar, ela acenou de olho fechado.

Disse que casado, pai de duas meninas, não contasse a ninguém. Ou era obrigado... Cada vez mais gente no rio gritava por Maria. Gemeu e arrastou-se devagarinho na direção das vozes aflitas. Sentiu a mão do homem que de repente...

A Última Carta

Terça-feira João disse para a mulher que ia comer franguinho no espeto. Na dúvida se ia ou não, enjoo de estômago. Engoliu café preto e, sobre a tarde, para não desgostar o amigo, foi ao encontro. Beliscou uma coxinha e, ainda indisposto, voltou mais cedo.

Entrou pelos fundos e, bebendo água de moringa, perguntou à filha:

— Onde é que está a mãe?

— Na saleta de costura.

Surpreendeu a dona de vela na mão entretida com um papel. Maria olhou para ele, com o susto soprou a vela. João sentiu os dedos ásperos, furadinhos de agulha. Com beijos Maria fechou-lhe a boca. Meio da noite acordou com gosto ruim na língua.

Sábado havia baile na sociedade. Duas da tarde, Maria tomou banho e enfeitou-se: apesar do óculo, dona faceira.

— Melhor, João?

— Esse fastio...

— Um café bem forte. Nem almoçou direito.

Bebericava o café, a mulher lia uma revista. Queixou-se que ela gastava demais.

— São três boquinhas — atalhou Maria. — Querem gulodice. E a gente não pode negar.

— Com os dentinhos estragados.

— Antes gastar com doce, meu velho. Deus nos livre de uma doença!

Ele mordiscava sem vontade a rosquinha. Maria largou a revista, ia prosear com a dona Zezé.

João saiu da mesa, enfiou pelo corredor, havia três portas. Abriu a primeira, abriu a segunda e, quando abriu a terceira, Maria sentada na cama lia um papel. Ergueu-se depressa, alisou a colcha de crochê e, mão vazia, voltou-se para ele. Antes que João falasse, ofereceu-lhe o lábio pintado:

— João, me beije.

Apertou-se contra ele:

— Tire o óculo.

Deitaram-se na cama, nem o deixou fechar a porta. Maria distraiu-se nos cuidados da casa, ele tornou em surdina ao quarto. Correu a gaveta da mesinha, nada. Afastou o colchão, ali o papel. Leu as primeiras linhas — *O nosso filho... se for homem levará o meu nome, se for mulher o nome abençoado de Maria. Não posso me esquecer... só de óculo e todinha nua...* — depois a assinatura. Os dedos úmidos manchavam o papel, o cálculo era feito: matava o outro, em seguida aquela desgraçada. Sentado na cama, avistou lá fora as nuvens brancas tão serenas: não chegasse mais cedo nunca teria descoberto.

Arrastando o pé, dirigiu-se ao escritório, enfiou a pistola na cinta — quando ia imaginar, na idade dela, com filha mocinha — e saiu cumprir a vingança. Tivesse cruzado a porta o outro era morto. A dona olhou para ele, abriu os braços:

— Que é isso, João? Já esqueceu do baile? Onde é que vai?

Doeu que fosse tão fingida:

— Pouca vergonha é essa? — e exibiu a carta.

Diante dos três filhos, começou aos gritos, no maior escândalo:

— Fui eu, João. Só eu. Me mate.

Ele suspendeu o passo, olhou as crianças.

— Não tem coragem, me dá o revólver.

O menino de oito anos agarrou-se à barra do fogão.

— Que é isso, pai? — a mocinha abraçada à sua cintura. — Deixe disso, pai.

O menor, sentadinho no banco, quedou-se de boca aberta.

João sofria ao ver o menino que, preso ao fogão, não fazia mais que tremer as perninhas finas.

Abotoou o paletó, disposto a matar. Bateu na porta e bradou o nome do irmão.

— Entre, João. Você é de casa.

Desvanecido o sorriso no dente de ouro, ele sacou do papel, sacudiu-o na cara lívida:

— Que é isso, desgraçado?

André abateu-se na cadeira, um ronco feio na boca, rebentavam bolhas de escuma:

— Eu também... cartas dela...

Atraída pelo berro de João, a mulher surgiu na sala, enxugando a mão no avental.

— Veja isso, cunhada — e estendeu a carta.

A dona leu algumas palavras, machucou o papel, atirou-o no rosto do marido:

— Eu já sabia, João. Bem que adivinhei.

André ergueu-se a custo, foi buscar as cartas. Tão grande covardia que João não pôde matar; ao acaso apanhou uma folha, leu as primeiras linhas: *Se não for neste mundo quero ser sua até no outro...* e a última: Para sempre, a Maria do André.

Em casa a mulher louca, arrancava os cabelos, abanada com uma ventarola pela vizinha — o óculo bem arrumado sobre a cristaleira. Ao vê-lo, Maria rompeu aos gritos:

— Não mate o André. Eu é que me mato.

Rumou para a casa do sogro e mostrou as cartas:

— Foi assim que se deram as coisas.

O viúvo leu duas ou três frases:

— Tem razão, João. Se voltar para mim, recebo porque é filha.

Encarou-o de olho molhado:

— Se não voltar, que caia no mundo.

João encontrou a mulher penteada, muito calma, agora de óculo.

— Eu vou embora. Levo comigo esses inocentes.

Com um chinelo no pé esquerdo, o outro descalço e, por um momento, João sentiu pena da bandida:

— Não pode ficar. Um escândalo na família.

Posto que infiel, era formiguinha ligeira para acender o fogo, pregar o botão, puxar água do poço.

— Errei, João. Quanto eu errei. Deus sabe que não sou culpada. Esse homem que me tentou há de pagar. Rondando a casa, sem sair de perto. Me pediu que pregasse um botão, não tirou a camisa. Tão juntinho, minha mão tremia. Me agarrou e deu um beijo. Credo, André, eu disse, não tem respeito? Ele respondeu: *Não conte que o João acaba com nós dois.* Por isso não contei. Ele se aproveitou de mim que a mulher é fraca. Há de pagar quando eu disser: Você me tentou. Fez a minha desgraça.

João baixou a cabeça: ainda que a levasse para longe, com ele o sinal da vergonha. Fechou-se no quarto, que ela partisse com os filhos.

Sozinho, acendeu a vela, começou a primeira carta de Maria.

A Náusea do Gordo

Farto de dias, nhô João envelheceu. Grande, abrutalhado, gesto furioso. Arrancava com os dentes a tampinha da garrafa de cerveja. No soco da mão nua enterrava um prego na madeira. Castigando terneiro indócil, desferiu-lhe pancada que o abateu, sangrou e matou. Com a mesma violência fez sete filhos na mulher sem lhe dar um beijo na boca.

Com esganação refocilava-se na comida, espirrava grão de arroz pela falha dos dentes, o queixo brilhoso de gordura. Repimpado na poltrona, roncava e, por causa das moscas, um lenço azul na cara, úmido na boca.

Deixava a porta aberta e, nhá Maroca queixando-se do vento encanado, batia-a com estrondo. Seus passos estremeciam os cálices da cristaleira. Sorriso de beatitude, esfregava as costas no batente, abalando o quadro da Santa Ceia. De pé agarrava as negrinhas no tanque de lavar roupa. Tão grandalhão, por mais que molhasse o dedo na língua, incapaz de catar uma pulga.

Nos últimos anos pesado sobre os calcanhares, não mais ligeiro na ponta dos pés. Já não montava, ao cavalo branco oferecia um torrão de açúcar e comia dois. O beijo baboso na mão, aspirava deliciado o bolo verde de estrume.

Dia seguinte à morte de um filho, nhá Maroca o surpreendeu diante do espelho, molhando o pente na bacia e estirando o cabelo sobre a testa:

— Credo! Como é que pode assobiar, João?

Inteirinho nu, belezas de fora, espargia-se de talco: o noivo enfeitando-se para as núpcias com a vida. O filho morto o seu preferido, não era da chuva chover, da grama crescer? Corado de apetite, refestelou-se com tilintar de talheres — o braço curtido até o cotovelo, acima todo branco. Já não perseguia as criadinhas, era na mesa que se regalava.

Nhô João comia e engordava. O largo cinto negro de ilhoses reluzentes, uma ponta da ceroula xadrez para fora, arrastava a barra da calça. Sua presença no quintal anunciada pelo sopro das narinas: tapava uma, assoava-se com força pela outra.

Perna dura de artritismo, usou bengala. O barbeiro vinha ao seu quarto e, escanhoado o duplo queixo, sem amparo nhô João não podia levantar-se. Tufo de pelo grisalho irrompia da orelha. Para vexame de nhá Maroca, esquecia a braguilha aberta.

Ao chio da primeira cigarra no jardim respondia lá na rua a flautinha do sorveteiro — era verão. Transbordando da roupa de brim cáqui, escarrapachava-se na cadeira de vime; uma perna dobrada e outra rígida, cordões da ceroula pendentes, lia o jornal ciciando à sombra do chapéu de palha. Para erguer-se clamava por auxílio. Ao discutir com o vizinho, punha-se a girar a bengala; encerrava o assunto golpeando a calçada. Com a bengala batia na porta do banheiro ocupado.

Caducava e comia vorazmente, a obesidade tão disforme que mal podia se mexer. Raro saía dos cômodos, cabeleira branca desgrenhada, óculo escorregando do nariz, arrastando a perna no cascalho.

Tanto ele engordou, decidiu-se nhá Maroca a consultar o médico da família e, às escondidas, misturava remédio na sopa a fim de reduzir o apetite. Queixou-se nhô João de nojo da comida e, ainda mais, das pessoas. Arreliava-se com uma filha:

— Cheirando a alho!

E outra:

— Tua saia pesteada!

Ranzinza, ora fastio, ora capricho de estômago. Quase não dormia, torturado pelas mil pulgas da insônia. Fechava-se o dia inteiro no quarto. Nhá Maroca batia a medo:

— Venha comer, João.

De pé, alisava a toalha, cheirava o prato:

— Ih, não quero... Cheio de pena de galinha.

Delicado e triste, derramava no pires o café com leite, bebia a pequenos goles.

Na despedida o compadre lhe apertou a mão. Presto surgiu do corredor, abanando os dedos:

— Álcool, Maroca. Depressa, álcool.

Agarrando o vidro:

— Ai, catinga... Sai, fedor!

Definhava, pescoço fino e, esse que engolira casca, bagaço, semente, não se atrevia a chupar uma laranja.

Socarrão, vivia de juro e, cada vez mais cainho, escondia da mulher o dinheiro, obrigada nhá Maroca a vender ovos e requeijão.

Cabeceava no pátio a folhear o jornal. Lia os anúncios, que as notícias não lhe interessavam; deleitava-se com aviso fúnebre. Ao cochilar, atormentado pelo mesmo sonho: o gigante de brim cáqui atrai a menina, ele se abaixa quando a introduz no porão, brinca com a pequena no joelho, dá-lhe uma bala de hortelã... Com os gritos da criança ele desperta, o gosto de hortelã na boca.

Certa manhã a velha morta a seu lado na cama. Durante o velório comentou com uma das filhas:

— Nhá Maroca era boa mulher. Mas era ciumenta. Bem que tinha razão. Eu era bonito, minha filha, não era?

No enterro convidou a cunhada:

— Vamos, Donana. Comendo pão de ló.

Anos depois, era domingo, aquentava-se ao sol e lia os avisos fúnebres.

— Epa, que é isso? Não estou bom, filha.

Careta de repugnância ao seu perfume. Nela apoiado, tateando com a bengala, arrastou-se até a cama. A filha cerrou a janela, se queria alguma coisa. Nhô João pediu para ficar só. Cobriu o rosto com o lenço azul, respirou fundo e morreu.

Paixão Segundo João

JOÃO E PEDRO ERAM inseparáveis; quando um se resfriava infalível dias depois estivesse o outro a espirrar. Cada um esqueceu para sempre os dias de menino, neles o amigo não estava presente.

Pedro reparou no vulto de João, meio escondido à sombra de uma árvore, na porta de um bar ou correndo para alcançar o último ônibus. Com ele simpatizando, Pedro sorriu — ai, um dentinho preto! —, o outro não se aproximou. Um aguaceiro de verão reuniu-os na mesma porta, a primeira palavra foi trocada.

Dia seguinte João mudou a marca do cigarro. De pouco açúcar no café, passou a tomá-lo adocicado. Só usava a gravata azul de bolinha da tarde do encontro.

O único que dançava era Pedro, o outro quedava-se a beber, admirando os passinhos de gafieira do amigo. Guardava na carteira um retrato de Pedro aos oito anos. Ao viajar entregou-lhe cheque assinado em branco — no caso de acidente o seu herdeiro universal.

Sábado bebiam dose dupla de rum; o cigarro de Pedro, fumado pela metade, recolhido por João no cinzeiro:

— Pedrinho, você fuma demais... — então o esquecia entre os lábios, um olho meio fechado da fumaça.

Pedro caiu doente, João instalou-se no quarto da pensão: sobreviveu graças aos seus cuidados. No delírio consolado pela carícia furtiva na testa escaldante. João banhava o seu corpo enlanguescido de fraqueza, pestanas baixas quando esfregava as partes secretas. Pedro sentava-se na cama a tossir e o amigo, afofando o travesseiro, nem voltava o rosto para o lado.

Pedro convalesceu em casa, o outro foi visitá-lo. Ao descer do trem, João cambaleou ferido: na plataforma o amigo de braço com uma bonita mulher. Por mais que ela o festejasse, nunca pôde esconder sua antipatia pela pobre mãe.

O amigo não voltava. João escreveu carta desesperada, a letra aflita de bêbado, incluiu uns versos furiosos de amor. Dias depois, reclamou a carta e rasgou-a, olhar risonho de Pedro.

Na rua Pedro segurava-lhe o braço: o outro estremecia, folha de tinhorão sob a chuva. João, esse, nunca o tocava, nem mesmo lhe apertava a mão. Ao sol com o amigo de maneira que as duas sombras se abraçassem numa só.

Ao surpreender-lhe o franzido das pálpebras para distinguir ao longe, o sestro voluptuoso de molhar o lábio com a ponta da língua, João ruborizava de oculta alegria — o dorminhoco a sorrir quando é acesa a luz.

Pedro cortava esquecido as unhas do pé e o outro, mão no bolso, uma veia louca a pulsar na testa, arrepiando-se de êxtase ao ver o dedão gordo com unha encravada.

Apesar das economias no banco, João nunca pôde comprar um pulôver, o que lhe permitia usar o do amigo, vermelho e ainda impregnado de suor. Preguiçoso, sempre com uma bala de hortelã na bochecha, Pedro exigia que lhe espremesse as espinhas das costas; despindo a camisa oferecia o ombro gorducho, a sacudir-se de gozo.

Nas férias, por insistência da mãe, Pedro ficou noivo. Ao receber a notícia, João ingeriu sete doses duplas de rum, treze aspirinas, quase um tubo de barbitúrico. Não morreu, dormiu uma noite e um dia, desde então sofrendo de gastrite. Apresentado à noiva, tanto a ridicularizou que Pedro rompeu o compromisso. Seis meses depois, noivou com outra. João nada pôde fazer: Maria não tinha nariz de bico nem canino ectópico.

Na insônia de João repetia-se o pesadelo: de pijama e descalço em busca de Pedro na rua cheia de gente. O outro surgia nu, deitado em sofá encarnado, a provocá-lo com gesto da mão peluda, cúmplice do vício solitário. João aceitou o sonho e, ao acordar, não censurava o amigo.

Dia do casamento, mais nervoso que o noivo era o padrinho. Seguiu o casal até à porta do avião, Pedro receou que fosse acompanhá-lo na lua de mel. Mesma noite João sentou-se na cama, golfada de sangue no lençol: úlcera no duodeno que era vontade de morrer. Lívido, dente amarelo, o primeiro a receber os noivos.

João não saía do apartamento, agora três amigos inseparáveis. O doente é que tinha desvelos com a saúde do outro: moranguinho graúdo, bombom recheado de licor, sorvete de nata. Despedia-se do casal, cumpria a ronda dos bares: um copo de leite, os cálices de conhaque. Vez por outra, batia-se ferozmente com desconhecidos à sombra dos muros.

A noiva esquecida por Pedro na eterna companhia do outro. Entendiam-se por um olhar, uma palavra, um aceno — os dois com seus segredinhos. Despeitada, fazia insinuações pérfidas sobre João, moço tão fino, maneira delicada.

— A malícia do mundo — acudiu Pedro — não perdoa a verdadeira amizade.

No aniversário de Maria, jantaram os três à luz de velas e, de pilequinho, ela descalçou o sapato, brincou sob a toalha com a perna de João, de voz rouca a noite inteira.

Cada vez mais magro, olho fundo, sempre a gravata de bolinha — introduzia dois dedos na camisa, logo os retirava queimados da úlcera.

Com a boa comida e os prazeres, engordava Pedro, rosto balofo e ainda belo, dente estragado de chupar guloseima — no bolso uma bala azedinha meio derretida.

Uma tarde a moça saiu e, surpreendida pela chuva, tornou mais cedo. Na mesinha da sala, uma garrafa vazia, dois copos, pontas de cigarro no cinzeiro. Sobre o tapete a coleção de cartões pornográficos. Na parede o retrato dos dois amigos, João risonho no pulôver encarnado.

Explodiu uma gargalhada no quarto, a moça abateu-se na cadeira:

— Meu Deus, que será de mim?

Bebeu o resto de um copo. Na ponta dos pés, experimentou a maçaneta: fechada. Sem coragem de bater, voltou a sair. Esbarrou com João: não era ele. Pediu que a acompanhasse, sem rumo sob a garoa. Nenhum dos dois falou, certa de que João sabia.

Pedro exibia-se em companhia suspeita, frequentava os antros mais infames. Uma vez em aconchego com o filho do porteiro, outra vez esbofeteado no elevador por um soldado negro. Maria não atende ao telefone: vozes melífluas com recadinho ora do noivo, ora da noiva.

Desgraça maior a moça grávida. Entretinha-se com João, ambos à espera do marido ausente, ela a tricotar o primeiro sapatinho de lã, ele a retorcer os longos dedos gélidos.

Bem que o amava, reconheceu Maria, tão triste e sofrido — grisalho aos trinta anos! —, agarrou-lhe suspirosa a mão:

— Estou louca. Deite comigo. Deixo fazer tudo.

Sorriso pálido, João foi delicado, mas firme:

— Não pode ser... Me perdoe.

Ela beija-lhe a mão, enxuga as lágrimas, apanha inconsolável as agulhas. João volta à janela, afastando uma ponta da cortina, procura ao longe o amigo perdido.

Quarto de Horrores

Primeira noite Maria descobriu que era tarado. Ao sair do banheiro, ruborizada e trêmula na camisola de fitinhas, um grito de susto: em pé na cama, inteiramente despido, João soprava flautinha de bambu... Olho vidrado, exibindo as vergonhas, ora aos pulos, ora de cócoras:

— Sou encantador de serpente — e a flautear no tom mais agudo. — Sou o faquir. Você é a serpente!

A noiva com acesso de riso nervoso, em seguida crise de choro. Durante a noite — e noite selvagem foi aquela! — que de vezes João assobiou a ária da flautinha? Três gritos ela deu ao sentir-lhe nas costas o pelego de cabelo crespos...

Segunda noite, ao recusar-se a seus caprichos, agredida com tal fúria desmaiou. Já lhe beijava os pés, outra vez a maldita flautinha. Noite após noite o ritual monótono: tortura e privação de sentidos. Então chorava mil perdões e, rendido de gozo, soprava o flautim.

Aos berros porque, ao visitar os pais, andava sozinha e era nas ruas que, segundo ele, circulavam as pessoas dadas aos prazeres do sexo. Ou porque o café estava frio. Ou não se exibia nua e de salto alto no espelho da penteadeira.

O noivo tão delicado, meu Deus, era a medonha besta resfolegante? Toda noite queria rasgar uma calcinha. João afiava a famosa flauta, de joelho ela rezava. Duas vezes quase a estrangulou. Arrastava-a pelo cabelo, marcada de beliscão no braço e mordida na coxa imaculada. Três vezes Maria fugiu e, ai dela, voltou.

Menino, o seu gosto era fazer a mãe chorar. Na juventude afligiam-no acessos de demência, revelada no formato da cabeça: não embebia em gasolina um, dois, três sapos e riscava um fósforo, babando-se de gozo com as bolas saltadoras de fogo? Deu-lhe surra tão grande, a coitadinha gemendo na cama, entretido a jogar paciência. Maria aproveitou-se para fugir, descalça e debaixo de chuva.

Mais uma vez conseguiu a sua volta. Sentia amor profundo na ausência de Maria. E apenas ódio ao olhar para ela. Nos menores gestos descobria o sinal da traição. Maltratava-a, arrebatado pelo delírio erótico.

Mocinha educada no colégio de freiras, não se submetia às suas manobras, ora que o flagelasse com chicotinho, ora o rei dos galãs no uniforme de fuzileiro naval. Empurrava o enorme espelho da penteadeira ao lado da cama:

— Ajude aqui. Só que beleza!

E fazia o diabo de cabeça para baixo.

Uma semana de paz quando ela, com artimanha, subtraiu a flautinha. Manso donzel que, à noite, chorava nos seus braços. Piedosa, trazia o café na cama.

Surgiu com nova flauta, novas festas de terror: após a cerimônia da serpente, sofria ataque a ponto de espumar o dentinho de ouro.

Viciado em droga, misturava na comida um pó afrodisíaco, que a deixava bem doente. Trancou-a noite e dia no quarto, só abriu a porta depois que ela, bastante nervosa, gritou por socorro.

Ao saber que estava grávida, João cuspiu-lhe na barriga, expulsou-a da cama. Sua coleção é de sete flautas, em tamanho, formato, som diferentes.

Agora de cinco meses, Maria perdeu a coragem de fugir. Apesar de católica, em vão resiste à flautinha mágica, ó pobre serpente ferida de amor aos pés do faquir.

Ó Noites Mágicas de Circo!

João casou sem amor com Maria, o amor veio depois. Nariz torto, buço oxigenado, verruga no queixo, por ela João se enfeitiçou.

Ele não tinha vício, a não ser o da gulodice: lambia-se por ambrosia, baba de moça, coscorão. Ninguém como ela acertava a delícia da geleia de mocotó. O suspiro mais doce derretia-se na língua, a ponto de João piscar o olhinho de gozo. Se as comadres pediam a receita, ela ensinava errado: mistério de doceira.

Em manga de camisa e colete de brim, ele atendia ao balcão da farmácia; quando não pisava droga no almofariz, reclinava-se na cadeira de balanço, perdido no voo das moscas, dois dedos enrolando a folha arrancada do calendário. De repente, pálido sacava o relógio do colete — nhá Maria não admitia atraso. Em casa, a botina de elástico ao lado do capacho, calçava o chinelinho — nhá Maria proibia mancha no soalho.

A perdição de João era tapioca. Pela porta dos fundos, um menino o avisava na farmácia:

— Seu João, é para o senhor... Lá em casa.

Em segredo ia provar a tapioca. Ai dele nhá Maria soubesse — seus ataques de ódio abalavam a cidade. Inchada a verruga no queixo, sofria vertigem, acudida com água e açúcar.

Ela, da qual todos tremiam, só tinha medo de trovoada. Ao primeiro ribombo, encolhia-se no quarto, cobria o espelho da penteadeira — a imagem atrai o raio.

— Magnífica, valei-me!

Gemendo, a persignar-se, arrastava devagarinho os pés — o gesto aflito invoca o relâmpago.

Esconjurava demais o sereno: na sua família um a um finavam-se do peito. Ao sair para a novena, envolvia a mantilha na cabeça, olho arregalado ao traiçoeiro vento do mar.

— Cuidado com o orvalho... — bradava para o filho.

— Não se fie na friagem, minha filha.

— Cubra a cabeça, João.

Bolo de fubá nunca mais o marido pôde saborear: o primo Chico mordeu a guloseima e caiu morto. Recolocada a dentadura, acharam na boca o pedaço inteiro de bolo — era de fubá.

Na terra o marido e os filhos corriam de sua fúria assim ela dos raios do céu. João refugiava-se na velha farmácia de uma porta. Sobre o armário de bálsamo, pílula fétida, unguento, maravilhosas cobras-corais exibiam seus anéis coloridos em boiões de álcool. Na sala dos fundos reuniam-se os eleitos do chimarrão, perturbados por um e outro freguês, que batia com o nó dos dedos no balcão. Nhô João agitava a cortina cochichante de contas, surgia atrás da grade:

— Pronto, nhá moça.

Sempre em falta do medicamento:

— Hoje não tem.

Na emergência receitava elixir paregórico e cápsula de três misturas, por ele mesmo aviada, unhas amarelas do cigarrinho de palha. Os parceiros assistiam à dosagem do pó miraculoso na balança de precisão. O negócio decadente, não se decidia a renovar o estoque:

— Está em falta. Hoje não tem.

Quando tinha, não se aborrecia de cobrar, anotava a dívida num canto do borrador, para sempre esquecida. Na farmácia às moscas, única agitação a do cardeal na gaiola — o penacho bem vermelho.

Domingo à noite havia concerto na família: João tocava flauta, a filha solteirona piano, o moço violino. Nhá Maria, imponente na poltrona de vime, tamborilava os dedos entre bocejos ruidosos.

Tempo de circo, ia toda noite. Ao embrulhar-se nos xales e mantilhas, o risinho do marido na sala:

— Para o circo nhá Maria não renega o sereno.

Tão braba, fez promessa de nunca mais. Dia seguinte fechou a porta da alcova, o pobre João condenado ao quarto de hóspede. Nove anos — enquanto viveu o marido — nhá Maria não desertou os cômodos. Ele na farmácia, a dona reinava na casa. Nem bem um chinelinho estalava no corredor, recolhia-se ao borralho.

— O pai está arrependido — era a filha com recado. — Quer pedir perdão.

— Diga que perdoei. O sentimento eu guardo. Ele fique lá, eu aqui.

Durante meses uma romaria de cunhadas:

— Deixe que volte, nhá Maria. É bom marido.

— Não posso, comadre. Um dedo que se me cortou.

O filho Nenê, dodói de nhá Maria, desgostoso deu para beber. Chegava cambaleante, nos braços do pai conduzido para a cama. Apanhou sereno, desatou a tossir, internado no sanatório; lá morreu, sem que ela o visitasse na doença nem o assistisse na agonia — a promessa ou medo ao contágio? Nhô João viajou só e sozinho acompanhou o enterro.

Enleada nas meias de lã, nhá Maria queixava-se de pé frio — a filha a socorria com tisana e bacia de água esperta. O médico da família examinou-a demoradamente e, na mesma visita, auscultou nhô João. No corredor em segredo para Zizi:

— Cuide do pai. O doente é nhô João. Dona Maria só brabeza.

Atrás da vidraça, manta de crochê ao ombro, ela observava a procissão do Senhor Morto, que se detinha à porta da casa e, anunciada pela matraca, Verônica a desenrolar o sudário em sua homenagem.

À beira da falência, liquidou nhô João o último vidro de elixir 914. Salvo do estoque apenas o cardeal, pendurado a uma janela da sala. Nhá Maria execrava bicho: gato, cachorro, criança — abriu sorrateira a portinhola, o passarinho voou.

Aos sobrinhos, que a visitavam em data festiva, estendia a mão de longe:

— Criança só para pedir a bênção.

O dinheirinho com nhô João, os beijos com Zizi.

Ele sofreu desmaio, na queda partiu a mão. Saía a reformar algum título no banco, cabisbaixo no terninho puído de brim. Ou acompanhar o enterro de parceiro do chimarrão.

O jardim entregue às formigas. Na janela, o vidro quebrado, um pedaço de papelão. Nhá Maria afasta a cortina, maldiz os pardais que se rebolam no pó. Nos fundos assoma a cabecinha de nhô João — o braço na tipoia, a cuia de mate na mão esquerda. À noite, a casa fecha os olhos, não ele, que se abana com a ventarola do anúncio de xarope.

Entre os velhos depressinha se reparte Zizi, duas rodelas de carmim no rosto pálido, boquinha pintada em coração. Além de governar a casa, ensina catecismo e, subindo ofegante a escada em caracol, abala o órgão na missa de domingo — o mocho bem baixo a fim de alcançar os pedais.

Representa a mãe no guardamento e visita de pêsame:

— Mamãe, o sereno, que ela aborrece... Tem a perna mole.

Ao aniversário comparece em nome do pai — e na bolsa escondido leva-lhe beiju de tapioca. Sentada entre as senhoras, atenta e curiosa, o chinelinho de feltro longe do chão. Ligeira da casa para a igreja para as compras, chega a perder o fôlego e, de repente, mão no peito, admira uma vitrina enquanto acalma o pequeno coração.

Sábado aquela gritaria no galinheiro. Se o velho não está, nhá Maria vem acudir: melhor que ela ninguém cerca um frango.

Resfriada, Zizi fique distante.

— Ai, não se chegue. Lembre-se do Nenê. Não apanhe sereno.

De voz roufenha e bigodeira preta, maior a verruga no queixo, três fios encaracolados.

— O vento encanado, Zizi!

Ao colher uma rosa no jardim, nhô João reparou na unha roxa. Arrastou-se até o quarto, apanhou o lenço lilás impregnado de cânfora, prendeu-o a uma coluna da cama — adeus à mulher ingrata? Finou-se quieto e calado.

Nhá Maria soube assim que a filha parou o relógio da sala. Não foi despedir-se do marido sobre a marquesa de palhinha. E, trancada a porta, dispensou os pêsames. À saída do enterro, Zizi viu ondular a cortina do quarto — a mão da velha ou o traiçoeiro vento do mar.

Trinta e Sete Noites de Paixão

Primeira noite João fracassou. Em lágrimas que era rapaz virgem, o desastre de tanto amor. A noivinha dedicou-lhe toda a ternura — e nada. Também o amava, esperou que vencesse o bloqueio emocional. Até onde a inocência permitia, colaborou de todas as maneiras — e nada. Nem uma vez superou o moço a inibição. Falhou da primeira à última experiência, sem êxito a gemada com vinho branco. Um mês depois, João continuava donzel.

Juras de viverem os dois sempre virgens — e, mão dada, dormiam com a luz acesa. De repente, uma tentativa atrás da outra, disposto ao sacrifício da vida.

— Cuidado, meu bem — ralhou a moça, assustada.
— Pode ter uma coisa.

Sentia o coração aflito de João a bater no seu próprio peito. Os trabalhos duravam horas, corpos lavados de suor.

Afogueado, a boca seca, João mergulhava a cara na água gelada da pia. Sem piedade examinou-se no espelho:

— Que desastre, meu velho! — e não podia sopitar os soluços. — Você é um fiasco.

Apenas essa vez chorou, depois o encanto quebrou-se. Entre caretas, o mais que conseguia era achar-se bonitão de olheiras fatais.

Propôs abordá-la na rua, a eterna desconhecida. Registrados em hotel suspeito — quase deu certo. Não tivesse ela esquecido de chamá-lo Doutor Paixão.

Assistiram a filme proibido, João lia na cama obra pornográfica (ao que ela se recusou, alegando princípio religioso), experimentou injeção afrodisíaca. Procurava-a, todo excitado, era impedido pela menor distração: a luz acesa, a luz apagada, uma batida na porta, o trino do canário, o rangido da cama, o pingo de uma torneira.

O adorável corpo nu da mulherinha e, deslumbrado, cerrava os olhos — em desespero a evocar o joelho da primeira professora, a nádega de certa negra, uma nesga de coxa muito branca da sogra. Buscou por todas as lojas de Curitiba o famoso anel mágico.

No cinema capaz de mil proezas, o seu comportamento tão inconveniente, foi advertido pelo guarda. Sem destino viajavam de ônibus, apertadinhos e de pé, por mais que houvesse banco vazio. Domingo em casa do sogro, após o almoço, surpreendido em plena sala de visita com o seio esquerdo de Maria na boca.

— Não posso entender — justificava-se perplexo. — Dois anos noivo mal dormia tão fogoso.

Longe, dotado da maior potência. Com a bem-querida nos braços, nada.

— Não consigo me concentrar. Entre dois beijos canso de repetir *Este leito que é o meu que é o teu... ou Minha terra tem palmeiras...*

De tanto se encarniçar, posto com ele não desse resultado, sinais da perturbação de Maria — o rubor da face, a narina trêmula, o peitinho ofegante.

— Sua cadela! — não continha a indignação. — Me dá nojo.

A pobre moça em soluços. Ele, a beber-lhe as lágrimas, aos gritos de — Monstro, calhorda, miserável. Logo voltava a injuriá-la:

— A culpada é você.

— Triste de mim, João.

— Não sabe nada — é uma burra!

— Como podia saber, meu Deus?

— Mania de falar em Deus! Por isso... eu não...

Perdeu a fé: se Deus escondia a chave do paraíso nada mais era sagrado.

— Não fale agora. Bem quieta.

Maria cerrava os olhos, exausta.

— Abra o olho.

Ao menor rebate falso um brado às armas:

— Diga está louca por mim.

— Agora gema!

— Grite bem alto!

Ela seguia as manobras, um grito a mais, dois suspiros a menos.

— Maldita. Ai, me desgraçou... — e dando-lhe as costas, ofendido. — Não avisei que gemesse?

Passado um mês a filha contou à mãe: intacta como na primeira noite. Os pais decidiram conceder a João uma semana de prazo e, se persistisse o estado, voltaria para casa.

Sete dias em que a paixão se confundiu com o maior ódio. João não conheceu a noiva e fracassou miseravelmente.

— Agora ia dar certo — o pobre arrenegou-se, o lindo rosto enterrado nas mãos. — A culpa é da megera de sua mãe!

Insultou-a de frígida, lésbica, ninfomaníaca. Separar-se antes que o deixasse louco. Muito deprimido, bocejando no emprego. Deixava-a fechada em casa, sem poder sair para as compras. A moça desconfiou que, rapaz fino, gesto delicado... sei lá.

Maria repetiu a lição familiar: queria ser mãe de três filhos. Ao vê-la resoluta, suplicou que o tratasse com menos soberba, o dia inteiro de cara aborrecida. Tinha tudo, o que pedisse João lhe daria, mesmo que não pudesse. Surgiu com o padre para benzer a casa. Tinha vindo antes trazer o jornal. Em seguida presenteou-a com moranguinho graúdo. No jantar contou anedotas alegres. Maria não fraquejou e manteve a palavra. Ele comprou no bar da esquina uma garrafa de conhaque; ao propor que se embriagassem, recebeu dura recusa da moça.

Última noite e a última tentativa, falhada como todas as mil e uma outras. Acariciou em despedida o maravilhoso corpo nu, adormecido a seu lado. Bem quieto, olho arregalado no escuro, rendeu-se ao prazer solitário. Acendeu a luz, acordou-a, beijou da ponta do cabelo ao dedinho do pé. Por fim cuspiu-lhe três vezes no rosto. Não conseguisse trancar-se no banheiro, a teria esganado.

De manhã ela arrumava as malas. João sugeriu pacto de morte, não foi aceito. Abriu a porta do táxi, despediu-se com aperto de mão: ainda mais querido na gravata de bolinha e óculo escuro.

Resolvido a morrer, não tinha revólver nem veneno. Enfiou a cabeça no forno de gás, posição incômoda demais. Além disso, com muita dor de dente — iria primeiro ao dentista.

Um mês depois o encontro na rua. Maria afastou-se da mãe, falou com naturalidade. Ele mal pôde acender o cigarro tanto que a mão tremia.

A Traição da Loira Nua

João alumbrou-se pela fita azul no cabelo e a cintura muito fina; cada vez que a olhava sentia um pigarro, nunca lhe aconteceu antes. Feliz até o dia em que o pai anunciou:

— Dó de você, João. Essa grandíssima cadela!

Não dormiu, a pensar no filho de três anos que andava com o pezinho no orvalho, sem os cuidados da mãe se enfeitando no espelho.

Maria saiu com a desculpa da chupeta. Subiu por uma rua e desceu por outra, entrou ligeira na pensão Bom Pastor. Atrás dela quem chegava? O mulato de gravatinha e sapato de camurça.

O marido rondando na calçada. De imediato resolveu derrotar os dois. Uma vitrina exibia faca e revólver. Comprou punhal bem afiado: bom para matar. Lembrando-se ora do pai, muito desgostoso, ora do filho, caiu em dúvida: sangrava ou não a cadela?

Meia hora e nada do casal deixar a pensão. João enxugou o suor frio da testa; uma velha à janela o vigiava, suspeitosa.

Descrevia ao porteiro o vestido vermelho. Não eram os dois que na maior calma desciam a escada? O susto foi geral: com grandes pulos o mulato escondeu-se atrás da primeira porta. A dona balbuciou que à procura de emprego. O marido agarrou-a pelo braço, com a outra mão a bater na porta:

— Pode sair. Não faço nada.

Era tarde, o tipo havia saltado a janela. Saiu com a moça entregá-la ao pai. Antes ela pediu uns guardados em casa. No quarto, de joelho suplicou perdão: ali no hotel por um anúncio de arrumadeira, o porteiro podia confirmar. Se João a abandonasse, engolia vidro moído, vestia-se de noiva, acendia um fósforo.

Embora o punhal na cinta, não queria ver sangue. Era uma cadela e como não perdoá-la, descabelada, toda suplicante? Primeira vez Maria ofereceu-se:

— Nuazinha com você!

Não vingaria a desfeita, era linda a malvada que só tinha traição no peito.

Manhã seguinte, para evitar o crime, gastou todo o dinheiro: cada vez que a olhava o sangue fugia e os bofes inchavam querendo sair pela boca.

Com as economias comprou um revólver, mesma tarde o vendeu fiado. Outro foi preciso para ter descanso.

Maria viu a morte nos olhos.

— Está tremendo, mocinha.

— Tremendo, não. Com frio.

E falava sem parar; o moço muito nervoso nada respondia. Sacou do punhal, agarrou o cabelo da mulher:

— Tenho de fazer um crime!

Aos gritos ela correu de camisola para o quintal.

João sentou-se na cadeira diante da janela, o filho brincava lá fora. Encostou o revólver no ouvido e, à espera do tiro, sorriu para o menino.

Batalha de Bilhetes

A MULHER DEU COM O bilhete sobre a cristaleira, ao pé do elefante vermelho, em caprichosas letras de fôrma:

Não posso olhar para sua cara. Nunca mais fale comigo.

Ela foi às compras, João transferiu roupa e lençol para o quartinho no sótão. Como não existisse para ele: cruzava por Maria sem a olhar, esperava que deixasse a cozinha para fazer as refeições. Quando teimou de não sair, João bateu a porta, foi ao restaurante.

Lá ficou o papel na cristaleira e, dias depois, ela garatujou no verso:

Não seja bobo, João. Dois velhos, um deve acudir o outro.

Irritou-o a lição edificante e, ainda mais, escrevinhada a lápis no próprio bilhete. Exibiu novo recado, entre um bloco e uma caneta:

Não gosto mais de você. Vamos nos separar. Por que não se muda para a casa de sua mãe?

Entranhas roídas à lembrança da pobre velha ao lado do rádio, a estalar as agulhas de tricô e, por causa das varizes, perna estendida sobre o escabelo — a meia enrolada na liga abaixo do joelho. Ergueu-se lépida à sua passagem:

— Por favor, João. Me escute.

— Não fale comigo! — aos berros, sempre de costas.

— Na mesma casa um sem falar com o outro?

Encarou-a primeira vez, grito de fúria no olho:

— A senhora diga isso por escrito.

Maria alinhavou carta de oito ou nove folhas. Impaciente, ele não chegou até o fim e rasgou-a em pedacinhos, oferenda aos pés do elefante. Sua resposta foi palavrão medonho cobrindo a página.

Se preciso, escreva um bilhete — o mínimo de palavra.

Nunca mais batalharia por causa do cabelo na pia, da torneira mal fechada, de uma lâmpada acesa — a sócia da companhia! No quartinho do sótão, nem um fio manchava a pia — quase calvo.

Já me fez sofrer demais, meu velho.

Trinta anos infernado por ela: esposara a filha, um belo dia achou-se nos braços da sogra. Convertida a doce noivinha na megera de papelotes — estátua viva de sal, vinagre e fel —, jamais aprenderia a não embeber o pão no molho da carne, a não deixar resto de água no copo, a não fazer o sinal da cruz ao rebuliço do trovão.

Não se enxerga? VELHA *é você!*

Elaborou quadro de horário para o território comum da cozinha e do banheiro, isolados cada um no seu canto. Ela não obedecia. João em fuga vergonhosa aos passos pesados de obesa, que abalavam o soalho e choviam poeira das finas paredes.

A sopa intragável de tão salgada.

Envenenava-o com sal, hipertenso que era? No caldo de feijão, entre cabelos dourados de gordura, boiavam as misérias da vida.

Indisposto, não se levantou para o almoço. A velha assomou ao patamar, chá e torrada na bandeja — antes que trancasse a porta.

— Quer chazinho de camomila?

Como não respondesse, ela bebeu a tisana, os goles gorgolejando na garganta enrugada.

Doente, quem cuida de você?

Coragem de morrer só, ninguém que lhe desse a mão, enxugasse na testa o suor fétido da agonia? Arrebentar antes que pedir perdão, barata estuporada no ralo de esgoto. Noite comprida de insônia, embalava-se ao rugido das maldições — sentia borbulhar o gênio do epigrama.

Tu, bruxa de bigode e barriga-d'água!

A persegui-lo no fundo do copo o riso escarninho da dentadura dupla.

Na hora da morte só peço a graça de não ver sua cara nojosa.

Com espanto sofria abstinência de mulher. Não o adolescente que sonhava castrar-se punindo a imundice da carne, agora o homem sábio aceitava na castidade a pena merecida, ainda mais: prêmio cobiçado.

Não se atravesse no meu caminho — me dá engulho.

Bem o menino precoce que, mão no bolso, espreitava a filha do vizinho. Arrostava sem piedade a cara no espelho — o tufo de pelo grisalho na orelha, a bolsa aquosa sob o olho —, repetia-se com ironia: Não faça isso, meu velho amigo. O próprio senhor aflito do antigo anúncio de elixir 914.

Não toma banho? Seu vestido empesta a casa inteira.

Dedo trêmulo, apalpava no cabide do banheiro a combinação negra de seda. Antes de tocar na sujeita, entregar-se ao vício solitário.

Nunca mais as fúrias do espírito apascentadas no lençol bordado de florinha. Trinta anos a fio, cada vez que a procurava, atormentado pelo desejo, exigia primeiro se penitenciasse de palavra ou gesto ofensivos; e, cativo da besta, suplicara o odioso perdão.

Onde esbanja tanto dinheiro? Para seu amante, velha sirigaita?

Quem lhe dera o enganasse com outro... Na sua ausência revolvia as gavetas em busca de prova — expulsa a adúltera, de todos esquecido, envelhecer no borralho.

É dia de visita, João.

No alto da escada, agachado, escutava-a de risinho e cochicho na saleta com a mãe: conspiravam contra ele na própria casa. Debaixo do travesseiro um escapulário recortado em cruz — arte da feiticeira. Que chorasse lágrimas de sangue e, esgotadas as lágrimas, os mesmos olhos, dois buracos na cara de rugas.

Ora palpitação, ora vertigem, condenado a rebentar de apoplexia: refrescava na água a face purpurina, enxugava o fogo do sovaco. Para não deixar nada, desfazia-se do lenço de seda, relógio de pulso, abotoadura de ouro. Cultivava os seus pobres, não por bondade, de puro diabolismo. Único receio que ela se finasse primeiro — ficaria de bolso vazio.

Sua filha mandou lembrança.

Nenhum bilhete mais cruel em tão pouca palavra. Afastada com intrigas, a menina que amou até o delírio, rejeitara-o sem perdão, a ele que tantos outros desdenhara. O diálogo revelador, quando lhe anunciou ser abominado pela filha, bem feito para ele, que não soubera amar a ninguém:

— Sua filha o odeia.

— Ensinada por quem?

— Foi só você que lhe arruinou as ilusões.

— E você que respondeu?

— Triste de mim. Não fosse verdade, por que falaria assim?

Pela boca da filha clamava o ressentimento da mãe, vingada de todas as derrotas.

Está doente. Volte para o quarto, João. Não seja teimoso.

Sobre a geladeira os frascos de remédio — curtia a velha, ela também, os seus achaques.

Só depois de morto.

Para seduzi-lo — ou zombar de sua miséria? — na mesa da cozinha uma travessa guarnecida de sonhos, recheados uns de marmelada, outros de creme — sua gulodice predileta. Não provou nenhum, espiava-os em desolação, azedando sob a redoma de vidro. Sem resistir, desceu descalço a escada e, a luz apagada, devorou sete sonhos afogado de esganação, o que lhe provocou visitas ao banheiro com passo miudinho de gueixa.

Chá de erva-de-bicho, meu velho? — o bilhete insinuado sob a porta.

Apoiado na parede, arrastou-se pé ante pé:

Não preciso do seu chá, desgraçada.

Molhou na língua a ponta da caneta e, deliciado, arranhou o papel com medonho garrancho:

P. S. Tenho outra mais moça.

Este Leito que É o Meu que É o Teu

Cada vez que ele a procura, antes de entregar-se, Maria exige que peça perdão. Sete anos casados, toda vez que João a deseja, o preço do casaco de pele ou brinco de ouro.

Tratada bem demais, não o respeita. Na cama ele serve o chá com broinha. Só não lava o pezinho que Maria não deixa.

Por ela João desertou os amigos, o café, até a batida de caju. Obrigado a rapar o velho bigodinho; queixava-se de cócega e, se não o cortasse, nunca mais a beijaria.

— Meu bem, você gosta de bigode.
— Com nariz grande não enfeita.

Ao menor desgosto impunha a pena de castidade:
— Pare com essa mão... Arre, me deixe em paz.

Sempre sem inspiração, a desculpa que frígida. Não sabia excitá-la; nem de uma nem de outra maneira. Confuso procurava lembrar ao menos uma das sessenta e quatro posições do *Kama Sutra*.

— Quieto. Tenha modos. Credo, que enjoo...

Sem piedade expulso do ninho de penas brancas de colibri.

— Vá para o seu lado. Seja bonzinho, meu amor.

Puxava a coberta, abandonava-o tiritante no canto.

— Não me despenteie. Morta de sono. Deixe a filhinha dormir.

Não queria de luz acesa e olho aberto — era proibido. Nem se deixava despir — pecado muito feio.

Terceiro ano engravidou; só abraçá-la, já nauseada. João lavava a louça e encerava o soalho.

Nascida a filha, ele preparava a mamadeira (o leite sonegado para não deformar o seio), erguia-se à noite quando a criança chorava — ainda ele quem lavava os cueiros. Doentinha, logo morreu.

Maria recusou-se três meses — o período de nojo. Fazia-se pequenina, sofrido tanto com o parto, João podia armar-se contra a vaidade, o egoísmo, a frigidez. Nada podia contra a sua lindeza:

nua, inteirinha nua, pessegueiro em flor gorjeante de pintassilgos.

— Ai, não quero. Deprimida. Puxa, que homem impossível.

Havia que suborná-la com mirra, ouro, incenso.

— Nossa, como é desajeitado. Me machucando... De uma vez.

Se fracassava com tanta censura, tripudiado na miséria:

— Viu? Viu só? Bem feito para aprender.

Loira de fabuloso vestido vermelho. João a apertar o sapato, quedava-se atrás, posto em adoração: a bundinha era banda de música com bumbos e bandeiras.

Não o amava, triste de João, intimado a mudar de cigarro. Nem podia usar elástico no braço para encurtar a manga da camisa.

Embebedou-a, toda nua, luz acesa — o longo e obsceno ganido do gozo.

Para se vingar, ridicularizou o suspensório de vidro, a calva brilhosa, a nascente barriguinha. Ficasse bem-comportado, mão no bolso — o menino travesso de castigo. Com a morte de contraparente, jejuno mais dois meses.

Uma barata tonta sob o chinelo que a vai esmagar.
— Não faça isso. Não quero. Já disse que não.
Nem forçá-la podia, mais fraco que ela.
— Dá medo. Parece louco. Que mania...
Infeliz de João se apanhasse gripe, vinte dias de quarentena. O pobre ardia em febre: ao alcance da mão e sem poder.

Meio da noite, senta-se na cama e acende a luz; a bengala de um cego tateia no peito. Em socorro a dona lhe dá a mão — nada mais que a mão.

Delira com ela na posição mais proibida. No sonho o vento uivante de fúria: ele, que beija o seu quimono, a esgana com berro de alegria.

Marca encontro com uma loira — doida ou rainha, desde que loira de vestido vermelho. Tão miserável, prefere abrasar-se a prevaricar.

Noite por outra, Maria inventa uma recusa. Ele a seduzi-la com promessa e suborná-la com presente.
— Gordinho assanhado! Credo, não tem vergonha?

A carícia mais doce, já corre para o banheiro. De volta, pálida, uma fingida lágrima:
— Viu o que fez?
— Que foi, amor?

— Culpa toda sua.
— O que foi?
— Vomitei na pia. Só me persegue. Mania essa... Tanto me beija. É um bruto!

João pede mil perdões, promete outro casaco, outro brinco de ouro. Maria enxuga a lágrima e adormece.

Não ele, a pulga da insônia na alma. Olho ardendo na escuridão, ora se lembra da filha perdida, ora uma prece iluminada de coxas nuas.

Maria agita-se no sonho. Resmunga na voz adorada:
— Não. Me deixe. Seu porco!

Os Mil Olhos do Cego

Dois colegas da classe de Direito, advogando cada um na sua cidade, não se veem há quinze anos. Encontram-se por acaso numa rua de Curitiba; alguns aperitivos e um bife sangrento, estão na casa de um deles, entre novas doses de uísque evocando os dias de camaradagem. O paletó na cadeira, os dois de camisa branca, gravata aberta no peito. Casados e realizados na profissão, ali se quedam em doces confidências.

— Sabe que ficou bem de cabelo grisalho?

Ai de Pedro, um velho com sono — a última dose e se recolhe ao hotel.

— Quarenta anos é a força do homem. Nunca fui mais jovem. Capaz de todas as loucuras.

Não Pedro, que se confessa bêbado, atropelando as palavras, bacorinhos gulosos disputando a mesma teta.

— A luz não te machuca os olhos?

Na sala em penumbra Pedro vagueia as ideias embaçadas. Sobre a mesinha o retrato da mulher e filhas do amigo. O seu espanto de sabê-lo casado.

— Entre João e Maria ainda prefiro o João.

Bonitão e sofisticado — o único da classe a frequentar manicura —, fazia sucesso com as moças. Eram fáceis demais, posava de misantropo.

— Sustento o meu nojo da fêmea. Casei por exigência da profissão — e com o vício de insinuar a língua por entre os dentes, um bilhete debaixo da porta. — Para uma carreira mais brilhante.

Pedro esconde um bocejo, emborca o seu copo. Abre a carteira, exibe a fotografia do filho e da mulher, fiel companheira.

— Toda fêmea é uma flor podre. Sob o perfume a catinga de cadela molhada. Eu e você não somos dois misóginos empedernidos? Como tanta gente ilustre, aliás. Aqueles gregos todos. Ou eram persas?

Pedro sorri, aqueles gregos todos.

— Agradar uma fêmea é prender um sapo na mão. O bico negro do seio, dois ou três cabelos crespos, a velha barriga-d'água, as pernas azuis de varizes. Todas oferecidas a se rebolarem, as bichas nojentas.

A voz do amigo é rouca, no canto da boca a espuma do ódio.

— Da mulher só gosto da nádega.

Estende-lhe o copo outra vez:

— Meu querido, todo descabelado — e com dedo grudento afasta-lhe a mecha da testa. — Os gregos — não eram os persas? — bem sabiam. O velho Sócrates só dormia com um menino nos braços.

Na penumbra fosforesce o olho de fera noturna.

— Veja Don Juan, o coitado, uma bicha que se ignorava.

Ao gesto incrédulo de Pedro:

— Meu querido, sabe que tem a pinta da bicha escondida? Lembra-se, o nosso brilhante catedrático de Direito Romano? Uma delas, não proteste. Fui abordado no banco da praça. Confessou o antigo amor, disposto a tudo. Uma noite de paixão.

Pedro insiste na descrença — Ora, meu amigo... —, com a expressão irritada do outro silencia a réplica.

— Me beijou a mão. Propôs dinheiro. Quando me levantei — um guarda ali perto — ficou chorando, o pobre velho. Depois me arrependi. Bem podia... Meu querido, teria coragem? Beijar um homem na boca? Por que não de bigode?

Com um sorriso alisa o bigode bem preto.

— Tanto você quer. Tem medo. Uma experiência inesquecível. Sabe que me perturbou? O coração bate com força. Olhe a mão como treme.

Pedro arregala o olho. No peito o coração louco do outro.

— Brincando, eu? — ao grito, Pedro volta a cabeça.
— Se duvida, olhe para mim. Só nós dois, não tenha cuidado. Já disse, a família na praia.

Sete dedos bulindo no bolso. João muito risonho:
— Não quer mesmo ir ao banheiro?

Mais que o deseje, Pedro não tem coragem, que o outro feche a porta com os dois lá dentro. João foi três vezes, sempre mais agitado. Agora traz um maço de estampas. Simples casais em posições amorosas? Ó não, os parceiros são homens?

— Sórdidas, claro. Mais que excitantes.

A última é o quadro de basquete da faculdade. Pedro ajoelhado tem a mão na bola.

— Lembra-se, os dias dourados de campeão? No calção azul de seda o herói mais glorioso. Sempre tive uma fraqueza por você — e, minha boneca, bem sabe disso.

Na certeza de estar perdido, Pedro agarra o copo, bebe aos grandes goles aflitos. O outro serve nova dose. Senta-se a seus pés no tapete, fala mais depressa. Voz rouca e pastosa, mal se distingue uma frase — *Se uma bicha se põe de joelho é com toda a naturalidade* — ou então — *Aos quarenta anos me proibi de pintar os lábios* — e mais de uma vez — *Do alto de tuas coxas você governa o mundo.*

Pedro quer ainda se defender. Não é aquele o tom da conversa entre velhos colegas, dois senhores de respeito, pais de família... Interrompido por grito de fúria:

— Cale-se, bicha louca.

E, perturbado com o que acontece ali a seus pés, afinal se calou.

O Esfolado Vivo

OUTRA DISCUSSÃO com a mulher, João abandonou a casa:

— Por que não me enterra a faca no coração? Não, é mais perversa. Rasga um pedacinho, o bastante para sangrar. Cada dia arranca uma tira de pele. Olhe para mim, assassina. Em carne viva, o corpo inteiro esfolado!

Terei casado com uma megera? — perguntava aos seus botões. Primeiros dias tudo eram deleites: não achava cabelo na pia, nem grampo rolava do armário. Não mais calcinha e meia a secarem no banheiro. A torneira gotejando — não sabia, a grande relaxada, apertar uma torneira! Cabeça de rolos coloridos — medusa decapitada de suas últimas ilusões —, no concerto de bocejos sonoros. Ofendido lembrou-se dos amores com ela, deu graças de não ter filho. João estendeu-se de braços abertos na vasta cama de hotel.

Já não tinha ruga na testa nem rangia os dentes. A bênção do silêncio, sem estalos da torrada com geleia de morango, nem a voz irritante sempre uma nota mais alta. Em sossego na poltrona, João entendia as borbulhas do gelo no copo de uísque.

Coitada, só na casa (nem tão sozinha, primeira semana chamou a irmã), perdida entre os tapetes, cortinas, casacos de pele — ricos despojos de tão mofinas batalhas. Logo anunciou na roda de amigas:

— O João é refinadíssimo canalha!

Domingo inteiro em pijama, coçava a barriga, divertia-se com os pequenos anúncios. À passagem de um caminhão, agitava-se a água na garrafa sobre a mesa, estremecia a vidraça no caixilho. Uma velhice tranquila, regando suas malvas à janela, em manga de camisa — ganharia o concurso de palavras cruzadas?

Dançou no inferninho, a bebida era envenenada, as donas vulgares — mais do que Maria! — e as relações aflitivas. Do hotel para o apartamento mobiliado, no sereno aconchego; animadíssimo com a antiga coleção de selos. A cozinheira negra livrou-o das bocas raivosas no restaurante.

Surpreendeu a mulher numa loja e, de relance, pareceu-lhe mais esbelta (decidira-se afinal a perder dois quilos de nádega) e mais bonita: a separada gosta de se enfeitar.

Naquela noite um sonho erótico — e adivinhe com quem? No prato de bife com batatinhas o tropel de imagens libidinosas lhe provocaram soluço.

Miseravelmente traído pela memória: o resto de açúcar na xícara de café, o sangue da pulga no pijama, um toque de caspa no paletó — era ela. Esquecer nos braços de outra era fazê-la mais lembrada.

Água barrenta do riacho que, aplacada a chuva, surge límpida nos seus peixinhos flanando dourados, sem dores evocou a dona perdida. Recordou-se das mil noites de paixão. Das sete primeiras em que se revelou impotente — a doçura e paciência com que o socorreu. Por que mais vezes não a possuiu na postura mais vergonhosa? Tão abrasado, devia mergulhar o rosto na água fria.

Olho arregalado na noite — e cego ao súbito esplendor de sua nudez. Arrancava-lhe gemidos a visão de uma pinta de beleza abaixo do seio esquerdo. No gritinho de fúria, não erguia a saia e, revelando nesga de coxa, estalava uma pulga entre as unhas? Tão excitante como despir-lhe o vestido retirar-lhe o óculo, mais nua de estar sem óculo do que sem roupa.

Elegia uma lembrança, esmiuçava a secreta delícia e, não fosse o caráter, sucumbiria ao vício solitário. No escritório, ao menor descuido, ferido pela sua presença: adeus, ó gerentes de banco! João contava os pingos da goteira do tempo.

Maria sofreu cólica de fígado e, sem coragem de visitá-la, mandou rosas encarnadas e peras argentinas. Ao imaginá-la sentadinha na enorme cama de casal, blusa de crochê ao ombro, lágrimas não eram as moscas que corriam pelo rosto?

Terei casado com um anjo? — interrogava-se perplexo. Rumo ao escritório, detinha-se à vitrina da loja em que o manequim ostentava o mesmo sorriso fingido. Escolhendo as palavras de um episódio engraçado, ao enfiar a chave na porta e abrir a boca para chamá-la (ainda a pintar as unhas diante do espelho?), enxergava a sua completa solidão. Chegando ao banheiro... ai, que bom ali penduradas uma, duas, três calcinhas de renda. Era inverno, mais difícil aquecer os pés.

Horas mortas rondava a casa, olhando muito as janelas. Uma das quais iluminada, duas sombras atrás da cortina — se o enganasse com outro?

Discou o telefone, ela atendeu. João não pôde falar, o coração aos latidos na boca.

Avistá-la de calça comprida e óculo escuro foi descobrir o sinal da traição; tingisse de loiro o cabelo, não haveria mais esperança. Mesma tarde acolheu a mediação da cunhada.

João voltou para casa e foi infeliz para sempre.

Este livro foi composto na tipologia Minion Pro
Regular, em corpo 13/19, e impresso em papel
off-set 90g/m² no Sistema Digital Instant Duplex
da Divisão Gráfica da Distribuidora Record.